怪《かい》盗《とう》レッド⑪

アスカ、先輩《せんぱい》になる☆の巻《まき》

秋木《あきぎ》 真《しん》・作
しゅー・絵

角川つばさ文庫

もくじ

キャラクター紹介《しょうかい》

ケイ（紅月《こうづき》 圭《けい》）

アスカとおない年《どし》のいとこ。
パソコンが得意《とくい》なナビ担当《たんとう》。

アスカ（紅月飛鳥《こうづきあすか》）

運動神経《うんどうしんけい》ばつぐんな、
怪盗《かいとう》レッドの実行担当《じっこうたんとう》。

実咲《みさき》＆優月《ゆづき》＆水夏《みなつ》

アスカとなかよしの中《ちゅう》２生《せい》。

白里《しらさと》 奏《かなで》

響《ひびき》の妹《いもうと》で、アスカに負《ま》けない
運動神経《うんどうしんけい》の持《も》ち主《ぬし》。

白里《しらさと》 響《ひびき》

話題《わだい》の元《もと》・中学生探偵《ちゅうがくせいたんてい》。
レッドのライバル。

紅月《こうづき》翼《つばさ》＆圭一郎《けいいちろう》

アスカとケイの父《ちち》
で、初代怪盗《しょだいかいとう》レッド。

宇佐美桜子《うさみさくらこ》

「特例《とくれい》」として大学《だいがく》の
研究室《けんきゅうしつ》に通《かよ》う天才高校生《てんさいこうこうせい》。

実《み》咲《さき》生《せい》徒《と》会《かい》長《ちょう》のなやみ

1 アスカは人気者《にんきもの》

実咲《みさき》サイド

4月《がつ》。

教室《きょうしつ》の窓《まど》から、だいぶあたたかくなった風《かぜ》が、入《はい》ってくる。

2年生《ねんせい》になり、教室《きょうしつ》が2階《かい》に変《か》わって、なんだか少《すこ》し落《お》ちつかない気分《きぶん》。

クラスメイトもそうなのか、なんだかいつもより、少《すこ》しさわがしい。

私《わたし》——氷室実咲《ひむろみさき》は、昨日《きのう》は生徒会長《せいとかいちょう》として、入学式《にゅうがくしき》に出席《しゅっせき》してきたところ。

折原先輩《おりはらせんぱい》たちがいなくなって、本当《ほんとう》の意味《いみ》で、生徒会《せいとかい》を引《ひ》き継《つ》いだ最初《さいしょ》の行事《ぎょうじ》だから、けっこう緊張《きんちょう》したけどね。

式《しき》の準備《じゅんび》も生徒会《せいとかい》でやったし、無事《ぶじ》に終《お》えることができたんだ。

これで少《すこ》し自信《じしん》になったかも。

とはいえ、これから行事《ぎょうじ》はたくさんあるし、ますますがんばらないとね。

そろそろ生徒会《せいとかい》に、いこうかな……。

ダダダダダ――――――！

私《わたし》が立《た》ちあがったところで、ろう下《か》からひときわさわがしい、足音《あしおと》が聞《き》こえてきた。

ビュンッ
教室《きょうしつ》の前《まえ》のろう下《か》を、左《ひだり》から右《みぎ》へと、なにかが、かけ抜《ぬ》けていく。

ドタバタドタバタドタバタドタバタ！

先《さき》に行《い》ったのを追《お》いかけるように、おおぜいの生徒《せいと》たちのすがたがつづく。

……もしかして、いまのは……。

私《わたし》はドアの近《ちか》くまで行《い》って、ろう下《か》を見《み》る。

――やっぱり！

先頭《せんとう》を走《はし》ってるのは、私《わたし》の親友《しんゆう》、紅月《こうづき》アスカ。

それにつづいて、十数人《じゅうすうにん》の生徒《せいと》がアスカを追《お》いかけてる。

「あいかわらず速《はや》いな、紅月《こうづき》さんは！　あの足《あし》は、やはり陸上部《りくじょうぶ》に入《はい》るべきだ！」

「いや、あの反射神経《はんしゃしんけい》はバスケ部《ぶ》よっ！」

「ちがう、あの子《こ》は演劇部《えんげきぶ》決定《けってい》なのっ！　そろそろ観念《かんねん》しなさいっ、アスカー!!」

追《お》いかけてるのは、陸上部《りくじょうぶ》、バスケ部《ぶ》とかの運動部《うんどうぶ》の部長《ぶちょう》たち。

それに、演劇部《えんげきぶ》の副部長《ふくぶちょう》になったばかりの水夏《みなつ》までまざってる。

「あっちから回《まわ》って！　はさみうちよ！」

「そんな手《て》は、ききませんよ〜！　……ていうか、どこの部活《ぶかつ》にも入《はい》りませんから！」

アスカと追《お》っ手《て》たちは、あっという間《ま》に遠《とお》ざかっていく。

さわがしい足音《あしおと》がドダダダダと階段《かいだん》をのぼっていき、上《うえ》の階《かい》を猛《もう》スピードで移動《いどう》して、今度《こんど》は右《みぎ》から左《ひだり》に走《はし》っていく。

まったく、もう！

次《つぎ》にこの教室《きょうしつ》の前《まえ》を通《とお》ったら、絶対止《ぜったいと》めなくちゃ！

……………はぁ。頭《あたま》が痛《いた》い。

本当《ほんとう》は最初《さいしょ》に私《わたし》がアスカを止《と》めなきゃいけないんだけど。

とてもじゃないけど、運動部《うんどうぶ》にもつかまえられないアスカを、私《わたし》が止《と》められるわけがない。

視線《しせん》をもどして、教室《きょうしつ》を見《み》る。

教室《きょうしつ》には、アスカのいとこで、私《わたし》にとっても友達《ともだち》の、紅月《こうづき》ケイくんがいる。

つくえで、なにやら、辞書《じしょ》みたいな分厚《ぶあつ》い本《ほん》を、黙々《もくもく》と読《よ》んでる。

このさわぎが、まったく耳《みみ》に入《はい》ってないみたい。

背表紙《せびょうし》のタイトルに目《め》を走《はし》らせると、『素粒子物理学《そりゅうしぶつりがく》　論文集《ろんぶんしゅう》』と書《か》かれている。

内容《ないよう》はわからないけど、まだ辞書《じしょ》のほうがおもしろそうかも……。

「紅月《こうづき》って、あいかわらず、わけわかんないのを読《よ》んでるよなー。……ところで紅月《こうづき》、この数学《すうがく》の問題《もんだい》、教《おし》えてくれよ。どうしてもわかんなくってさ」

クラスの男子《だんし》が、ケイくんのところに行《い》って、話《はな》しかけている。

クラス替《が》えがなく、1年生《ねんせい》のときと同《おな》じメンバーのままということもあって、みんなケイくんの、無愛想《ぶあいそう》な性格《せいかく》にもなれている。

ケイくんは、ちらりと顔《かお》を上《あ》げ、男子《だんし》からノートを受《う》けとると、パッと問題《もんだい》を見《み》るなり、

「……ここはxの2乗《じょう》だから……」

表情《ひょうじょう》を変《か》えないまま、男子《だんし》に説明《せつめい》をはじめた。

「おおっ、なるほどな！　そういうことか、サンキュ、紅月《こうづき》」

数学《すうがく》を教《おし》えてもらった男子《だんし》は、かるい足《あし》どりでもどっていく。

「ああ、ずるいぞ！　おれも教《おし》えてくれよ、紅月《こうづき》！」

「あ、それなら私《わたし》も！」

次々《つぎつぎ》に、クラスメイトがケイくんのところに、集《あつ》まってくる。

その様子《ようす》を見《み》て、ケイくんは、小《ちい》さくため息《いき》をつき、本《ほん》を閉《と》じると、1人《ひとり》1人《ひとり》に勉強《べんきょう》を教《おし》えだした。

……ケイくんも、最初《さいしょ》に会《あ》ったときとは、だいぶ変《か》わったなぁ。

やわらかくなったというか、積極的《せっきょくてき》にではなくても、人《ひと》づきあいをするようになったし。

勉強教《べんきょうおし》えるのも、かなりうまいんだよね。

本人《ほんにん》も気《き》づいていない「わからないポイント」に、すぐに気《き》づいて、そこから教《おし》えてくれるから、先生《せんせい》にきくよりいいって、クラスメイトの間《あいだ》では評判《ひょうばん》だし。

……まあ、ケイくんは、ときどきめんどくさそうな顔《かお》してるけど、拒否《きょひ》することはない。それもふくめてケイくんだってこと、うちのクラスメイトはわかってるしね。

でも、さすがにあの人数《にんずう》の相手《あいて》をするのは、大変《たいへん》そう。

手伝《てつだ》ってあげたほうが、いいかな……。

「あの、実咲《みさき》ちゃん？　…………実咲会長《みさきかいちょう》！」

「えっ、はい！」

私《わたし》は、うしろから呼《よ》ばれて、おもわずピンと背《せ》すじをのばす。

ふり返《かえ》ると、友達《ともだち》の優月《ゆづき》が立《た》ってる。

「なんだ、優月《ゆづき》か。びっくりした」

会長《かいちょう》と呼《よ》ばれると、やっぱりまだ身《み》がまえちゃうんだよね。

「おどろかすつもりじゃ、なかったんだけど。なにか考《かんが》えごと？」

優月《ゆづき》はそう言《い》って、首《くび》をかしげる。

「ちょっと、クラスの様子《ようす》を見《み》てただけ。アスカのことも、どうにかしないとね。あれじゃあ下《か》級生《きゅうせい》にしめしがつかないし……」

私《わたし》は、ろう下《か》を走《はし》りまわる、アスカと部活《ぶかつ》の勧誘《かんゆう》の生徒《せいと》たちを見《み》て、肩《かた》をすくめる。

「あはは……大変《たいへん》だね」

「笑《わら》いごとじゃないよ、もう……あれ？」

私《わたし》はアスカを追《お》いかける、部活《ぶかつ》の勧誘《かんゆう》の生徒《せいと》たちの中《なか》に、ひときわ小《ちい》さな人影《ひとかげ》を見《み》た気《き》がして、目《め》をこらす。

やっぱりいる。

小《ちい》さな人影《ひとかげ》は、集団《しゅうだん》で走《はし》る2、3年生《ねんせい》の間《あいだ》をぬうように、かろやかに追《お》いぬくと、あっという間《ま》に先頭《せんとう》に立《た》った。

あれって、1年生《ねんせい》のそれも、女《おんな》の子《こ》!?

先頭《せんとう》に立《た》ってたのでわかった。

ひときわ小柄《こがら》で、見《み》るからに新入生《しんにゅうせい》だ。

走《はし》ったまま、こっちの方向《ほうこう》にもどってきたアスカが、うちの教室《きょうしつ》の前《まえ》のろう下《か》で、かろやかにステップをふんで、急《きゅう》ブレーキから方向転換《ほうこうてんかん》する。

追《お》いかけていた勧誘《かんゆう》の生徒《せいと》たちは、ついていけずに、バランスをくずす。

——と。

「あっ……」

その動《うご》きに、1人《ひとり》だけついていく。

さっきの1年生《ねんせい》だ。

「アスカ先輩《せんぱい》、つ～かまえた！」

1年生《ねんせい》が、方向転換《ほうこうてんかん》したアスカについていき、タックルのように飛《と》びつく。

「わっ、とととっ」

アスカはおどろいた顔《かお》をすると、足《あし》をすべらせて、バランスをくずす。

ドスン！

アスカにはめずらしく、おもいっきり尻《しり》もちをつく。

「すごいっ。アスカちゃんが、つかまっちゃった……！」

となりの優月《ゆづき》が、おどろいた顔《かお》で言《い》う。

私《わたし》だって、そう。

アスカの動《うご》きについていける生徒《せいと》なんて、今《いま》までいなかったのに……。

あの1年生《ねんせい》は、何者《なにもの》？

追《お》いかけていた、部活《ぶかつ》の勧誘《かんゆう》の生徒《せいと》たちも、びっくりして追《お》いかけるのをやめちゃってる。

「大丈夫《だいじょうぶ》？」

私《わたし》は、2人《ふたり》にかけよって、声《こえ》をかける。

「うん、大丈夫《だいじょうぶ》。でも、びっくりしたー」

アスカがお尻《しり》をさすりながら、立《た》ちあがる。

「あなたも、平気《へいき》？」

「はい！」

小柄《こがら》な女《おんな》の子《こ》は、元気《げんき》よく返事《へんじ》をすると、すくっと立《た》ちあがる。

「『アスカ先輩《せんぱい》』って呼《よ》ばれてたけど……アスカの知《し》り合《あ》い？」

「ううん。わたしはこの子《こ》、知《し》らないよ」

アスカも、女《おんな》の子《こ》を見《み》て、不思議《ふしぎ》そうな顔《かお》をしてる。

女《おんな》の子《こ》は大《おお》きな瞳《ひとみ》で、肩《かた》にとどくぐらいの、さらさらの髪《かみ》の毛《け》をしてる。

「はい、はじめましてです。今年入学《ことしにゅうがく》した、白里奏《しらさとかなで》といいます。アスカ先輩《せんぱい》の武勇伝《ぶゆうでん》は、ずっと兄《あに》から聞《き》いていました！」

お兄《にい》さん？

白里《しらさと》って名字《みょうじ》…………えっ、この子《こ》のお兄《にい》さんって、もしかして！

「あの、白里《しらさと》さん。あなたのお兄《にい》さんは……」

「はい！　中学生探偵《ちゅうがくせいたんてい》の、白里響《しらさとひびき》です……あ、もう高校生探偵《こうこうせいたんてい》……ですけど」

「え、えええええええっ!!」

アスカが、大声《おおごえ》を上《あ》げて、その場《ば》からとびのいてる。

ん？

さすがに、おどろきすぎだと思《おも》うけど？

「あ、あの……響《ひびき》の、妹《いもうと》……？」

「はいっ！　早《はや》くアスカ先輩《せんぱい》にお会《あ》いしたくて、ホームルームが終《お》わってから、ダッシュで来《き》ちゃいました！」

そう言《い》って、白里《しらさと》さんはにっこりと笑《わら》う。

あらためて見《み》てみると、お兄《にい》さんの響《ひびき》さんに、目鼻《めはな》だちが似《に》てる気《き》がする。

目《め》がぱっちりとしていて、小動物《しょうどうぶつ》を思《おも》わせて、すごくかわいらしい。

「わ、わたしに会《あ》いにきたって……も、もしかして、なにか響《ひびき》から……聞《き》いたの？」

「はい！　学園《がくえん》には、紅月飛鳥《こうづきあすか》さんっていう、すっごくおもしろい人《ひと》がいるって！　わたしがこの学園《がくえん》に、入学《にゅうがく》を決《き》めた理由《りゆう》の1つです！」

アスカの存在《そんざい》が、入学《にゅうがく》を決《き》めた理由《りゆう》って……。

なんだか、話《はなし》を聞《き》いているうちに、不安《ふあん》になってきた。

「それじゃあ、今日《きょう》はごあいさつをしにきただけなので。失礼《しつれい》しま〜す！」

白里《しらさと》さんは、ふかぶかと頭《あたま》を下《さ》げると、くるりときびすを返《かえ》して、ピューッと、ろう下《か》をもどっていく。

ろう下《か》を走《はし》らないで……と伝《つた》えたかったけど、その前《まえ》に姿《すがた》が見《み》えなくなった。

すばしっこさは、アスカ以上《いじょう》かも。

「白里《しらさと》さんって……去年《きょねん》のアスカと同《おな》じニオイがする……問題児《もんだいじ》にならなきゃいいけど……」

私《わたし》は、ぽつりと不安《ふあん》をもらす。

「ちょ、なにそれ、実咲《みさき》！　わたしべつに、問題児《もんだいじ》じゃないし！」

「去年《きょねん》、折原先輩《おりはらせんぱい》にさんざん迷惑《めいわく》かけておいて、そういうこと言《い》えるの？」

「うっ……」

思《おも》いあたることが、ありすぎるのか、アスカがしかめっ面《つら》でだまる。

さて、私《わたし》はそろそろ、生徒会《せいとかい》に行《い》かないと。

背《せ》すじを伸《の》ばして、気《き》を取《と》りなおす。

「——いいですか。これ以上《いじょう》のさわぎは、やめてくださいね。ペナルティがつきますよ、みなさんも、紅月《こうづき》さんも」

一応《いちおう》、アスカといっしょに走《はし》りまわっていた生徒《せいと》たちにクギをさしてから、生徒会室《せいとかいしつ》にむかう。

……それにしても、2年生《ねんせい》のはじめから、このおおさわぎじゃ、今年《ことし》も大変《たいへん》そう。

私《わたし》は歩《ある》きながら、肩《かた》をすくめた。

2
家庭科部《かていかぶ》の事情《じじょう》

優月《ゆづき》サイド

家庭科部《かていかぶ》の部室《ぶしつ》に入《はい》るなり、わたし——春川優月《はるかわゆづき》を、木塚部長《こづかぶちょう》が、はずんだ声《こえ》でむかえてくれる。

「優月《ゆづき》、待《ま》ってたよ」

「こんにちは。部長《ぶちょう》、みんな」

あいさつして、わたしはイスにすわる。

家庭科部《かていかぶ》は、おもに裁縫《さいほう》とかで、衣装《いしょう》や小物《こもの》をつくったりする部活《ぶかつ》なんだ。

たのまれると、演劇部《えんげきぶ》の衣装《いしょう》をつくったりもするし、けっこう本格的《ほんかくてき》なんだよ。

家庭科部《かていかぶ》の部室《ぶしつ》は、ふつうの教室《きょうしつ》の半分《はんぶん》ぐらいの広《ひろ》さがあって、そこに作業台《さぎょうだい》や、つくった作《さく》品《ひん》や衣装《いしょう》、ミシンなどの道具《どうぐ》がおいてある。

ただ最近《さいきん》は、衣装《いしょう》もだいぶ増《ふ》えてきて、かなり狭《せま》くなっちゃってるんだよね。

部員《ぶいん》は、3年生《ねんせい》が木塚部長《こづかぶちょう》をふくめて3人《にん》、2年生《ねんせい》がわたしを入《い》れて3人《にん》、1年生《ねんせい》の体験入部《たいけんにゅうぶ》中《ちゅう》の子《こ》たちが３人《にん》。

今《いま》は、女子部員《じょしぶいん》だけ。

去年《きょねん》は、男子《だんし》の先輩《せんぱい》もいたんだけど、卒業《そつぎょう》しちゃったからね。

さっき声《こえ》をかけてくれた木塚部長《こづかぶちょう》は、肩《かた》までのセミロングの髪《かみ》に、やさしい笑顔《えがお》をたやさない、家庭科部《かていかぶ》のムードメーカー。

部室《ぶしつ》にいるだけで、雰囲気《ふんいき》が明《あか》るくなるんだよね。

同《おな》じ2年生女子《ねんせいじょし》の向井《むかい》さんは、もの静《しず》かで、ほとんどしゃべらないんだけど、必要《ひつよう》なことはきちんと意見《いけん》してくれる。たよりになる人《ひと》なんだ。

ほかにも部員《ぶいん》がいるんだけど、じつは家庭科部《かていかぶ》は、部活《ぶかつ》をかけもちしてる人《ひと》が多《おお》いんだよね。

だから、今《いま》いるのは木塚部長《こづかぶちょう》、わたしと向井《むかい》さん、それに1年生《ねんせい》たちの、６人《にん》だけ。

家庭科部《かていかぶ》がいそがしい、文化祭《ぶんかさい》の前《まえ》の時期《じき》とかには、みんな集《あつ》まってくれるんだけどね。

「これで全員《ぜんいん》そろったね。さっそくだけど、優月《ゆづき》から報告《ほうこく》があります」

木塚部長《こづかぶちょう》が、みんなを見《み》まわして言《い》った。

みんなの注目《ちゅうもく》が集《あつ》まって、わたしは、ちょっとドキドキしながら、立《た》ちあがる。

「じ、じつは、他校《たこう》の演劇部《えんげきぶ》から、わたしたちに、衣装《いしょう》の依頼《いらい》がありました」

うわぁ〜、すご〜い。

と、1年生《ねんせい》が小声《こごえ》で言《い》っているのが聞《き》こえる。

「春休《はるやす》みの間《あいだ》も、べつの学校《がっこう》の演劇部《えんげきぶ》の衣装《いしょう》をつくったんだけど、それを見《み》て、うちもぜひって、たのんでくれたみたいなの。わたしたちの腕《うで》を見込《みこ》んで、ってやつね」

そう言《い》って、木塚部長《こづかぶちょう》は茶目《ちゃめ》っ気《け》たっぷりに、みんなに笑《わら》いかける。

「衣装《いしょう》の内容《ないよう》なんですけど『中世《ちゅうせい》ヨーロッパを舞台《ぶたい》にした劇《げき》をやりたいと考《かんが》えているので、その衣装《いしょう》をデザインからお願《ねが》いしたいんです』ということでした」

「ヨーロッパを舞台《ぶたい》にした衣装《いしょう》……それは難《むずか》しそうね」

向井《むかい》さんが言《い》う。

「うん。それで、わたしなりに資料《しりょう》をさがしてみました」

わたしは、紙袋《かみぶくろ》に入《い》れて持《も》ってきた本《ほん》を、ドサリと机《つくえ》の上《うえ》におく。

ヨーロッパ社交界《しゃこうかい》の衣装《いしょう》の変遷《へんせん》とか、昔《むかし》のヨーロッパの服装《ふくそう》や生活《せいかつ》がわかる資料《しりょう》、ざっと20冊《さつ》くらい。

「うわっ、すごい数《かず》！　これどうしたの？」

木塚部長《こづかぶちょう》が、おどろいた顔《かお》で、わたしを見《み》る。

「え〜と、学校《がっこう》の図書館《としょかん》ではそれらしい本《ほん》がなかったので、近《ちか》くの図書館《としょかん》に行《い》ってみたんですけど、やっぱりあまりなくて……。それで市立図書館《しりつとしょかん》まで足《あし》をのばしてみたら、いろいろあったので。その場《ば》で借《か》りてきました」

わたしが説明《せつめい》すると、みんなは本《ほん》を開《ひら》いて見《み》はじめる。

「……さすがに、貴族《きぞく》の衣装《いしょう》はきらびやかだね。うーん……こんな凝《こ》ったのを、わたしたちがつくれるかって、問題《もんだい》もあるね」

木塚部長《こづかぶちょう》が、部員《ぶいん》を見《み》まわす。

「興味《きょうみ》はあるけど……」

向井《むかい》さんは、本《ほん》を見《み》ながら考《かんが》えこむ顔《かお》をしてる。

1年生《ねんせい》は、自分《じぶん》たちがつくるなんて、まったく想像《そうぞう》できないって感《かん》じ。

さすがに、いきなりは考《かんが》えられないのは、とうぜんだよね。

「返事《へんじ》はまだしていないから、みんなの意見次第《いけんしだい》で、断《ことわ》れるとは思《おも》ってる。けど、優月《ゆづき》はやりたいんだよね？」

木塚部長《こづかぶちょう》にきかれて、わたしはうなずく。

「はい。調《しら》べてみたら、すごく興味深《きょうみぶか》い衣装《いしょう》ばっかりで。当時《とうじ》の美的感覚《びてきかんかく》とか、今《いま》だとありえないようなデザインも多《おお》くて……。本《ほん》を見《み》てたら、ますますやってみたく、なりました。……あ、もちろん、みんなから賛成《さんせい》が得《え》られたら、ですけど」

わたしは、最後《さいご》にあわててつけ加《くわ》える。

みんなは、わたしの言葉《ことば》に、だまりこむ。

なやんでるみたい。

やってみたい気持《きも》ちはあるんだと思《おも》うけど、自分《じぶん》たちでやれる自信《じしん》がもてないみたい。

だって、自分《じぶん》たちで好《す》きにつくるわけじゃなくて、他校《たこう》の演劇部《えんげきぶ》の衣装《いしょう》なんだから。

責任《せきにん》も出《で》てくるし。

でも、わたしはそれでも、やってみたいんだ。

「これは……？」

向井《むかい》さんが、見《み》ていた本《ほん》から、ひらりと紙《かみ》を取《と》りだす。

あっ！　ああああっ!!

「そ、それは……ち、ちがうの。ちょっと、描《か》いてみただけで……」

わたしは、あたふたとしながら、説明《せつめい》する。

「春川《はるかわ》さんが描《か》いた、衣装《いしょう》のデザイン画《が》？」

「なになに！　わたしも見《み》たい」

木塚部長《こづかぶちょう》が、向井《むかい》さんのとなりに行《い》く。

「ほら、1年生《ねんせい》も見《み》てみなよ」

木塚部長《こづかぶちょう》に声《こえ》をかけられて、1年生《ねんせい》たちも集《あつ》まって、のぞきこむ。

かあぁー、とほおがほてる。

「まだ、試《ため》しに描《か》いてみただけで、人《ひと》に見《み》せられるようなものじゃないんです……」

うつむいたまま、いいわけをするけど、だれも聞《き》いてない。

「………へえ～、いいじゃん、これ」

木塚部長《こづかぶちょう》が、顔《かお》をあげて言《い》う。

えっ？

「うん、わたしもいいと思《おも》います」

向井《むかい》さん？

「すっごいです、先輩《せんぱい》」

「かわいくて、着《き》てみた～い」

「上品《じょうひん》な感《かん》じがすごくします」

1年生《ねんせい》のみんなが、目《め》をキラキラさせてる。

「い、いちおう、貴族《きぞく》のお嬢《じょう》さまの衣装《いしょう》をイメージしてみたんだけど……」

「うん、これいいね。つくってみたくなっちゃった」

木塚部長《こづかぶちょう》が大《おお》きくうなずく。

「みんなはどう？」

木塚部長《こづかぶちょう》の問《と》いに、

「家庭科部《かていかぶ》のメンバー、総動員《そうどういん》になりそうですね」

と、向井《むかい》さんが答《こた》える。

そ、それじゃあ……。

「わたしたちは、あんまり役《やく》にたたないかもですけど、せいいっぱいお手伝《てつだ》いします！」

1年生《ねんせい》のみんなも、言《い》ってくれる。

「よし！　じゃあ、決《き》まり！　わたしたち家庭科部《かていかぶ》は、この依頼《いらい》を引《ひ》き受《う》けます。さあ、これからいそがしくなるよ！」

木塚部長《こづかぶちょう》が、満面《まんめん》の笑《え》みで言《い》う。

「──はいっ！」

わたしは、うなずいて、それからふと部室《ぶしつ》を見《み》まわす。

「あの……衣装《いしょう》をつくるにしても、少《すこ》し片《かた》づけないとダメですよね」

部室《ぶしつ》は、すでにつくった衣装《いしょう》や作品《さくひん》で、かなり手《て》ぜまになっている。

つくった衣装《いしょう》は、他校《たこう》にわたすとしても、完成《かんせい》までは部室《ぶしつ》においておく必要《ひつよう》がある。

その場所《ばしょ》すら、今《いま》の家庭科部《かていかぶ》の部室《ぶしつ》には、むずかしそうだ。

「たしかにね……。その問題《もんだい》があるんだよね」

木塚部長《こづかぶちょう》の言葉《ことば》に、みんなが考《かんが》えこむ顔《かお》になる。

「あっ！　そういえば、春川《はるかわ》さんって、生徒会長《せいとかいちょう》と友達《ともだち》だったよね？」

向井《むかい》さんが、きいてくる。

「うん、実咲《みさき》ちゃんは友達《ともだち》だよ」

「そうか！」

急《きゅう》に木塚部長《こづかぶちょう》が、手《て》を叩《たた》いて立《た》ちあがる。

「だったら、その子《こ》に部室《ぶしつ》を、もっと大《おお》きい部屋《へや》に変《か》えられないか、交渉《こうしょう》できないかな？」

「ええっ！　いくら友達《ともだち》でも、それはむずかしいような……」

わたしは、首《くび》を横《よこ》にふる。

「たのんでみるだけでいいから！　わたしたち、活動《かつどう》はこうやって、きちんとやってるし、成果《せいか》も出《だ》してるでしょ。これってもう、整理《せいり》してどうにかなるっていう、レベルじゃなくなってきちゃってるからさ」

木塚部長《こづかぶちょう》が、両手《りょうて》をあわせて、わたしをおがむ。

「部長《ぶちょう》、そんなことしないでください……わかりました。たのんでみるだけなら」

「ありがとう！」

「あまり期待《きたい》しないでくださいよ」

わたしは、気乗《きの》りはしなかったけど、家庭科部《かていかぶ》のためだもんね。

それに、部室《ぶしつ》にスペースができないと、衣装《いしょう》づくりもできないし……。

ちゃんと、事情《じじょう》を説明《せつめい》したら、実咲《みさき》ちゃんだって、わかってくれるよね。

3 生徒会長《せいとかいちょう》のけじめ

生徒会室《せいとかいしつ》の中《なか》は、しんと静《しず》まり返《かえ》ってる。

私《わたし》は、次々《つぎつぎ》と書類《しょるい》に目《め》を通《とお》しては、決裁印《けっさいいん》や不受理印《ふじゅりいん》をペタンと押《お》していく。

生徒会長《せいとかいちょう》の仕事《しごと》って、生徒《せいと》の前《まえ》に立《た》って話《はな》したりする、リーダーシップを発揮《はっき》するイメージがあるけど。

実際《じっさい》は、こういう地味《じみ》な仕事《しごと》のほうが、圧倒的《あっとうてき》に多《おお》い。

これは、やってみてわかったこと。

書類《しょるい》は、生徒《せいと》からの要望《ようぼう》や苦情《くじょう》、部活《ぶかつ》からの申請《しんせい》や、先生《せんせい》からまわってくる書類《しょるい》もある。

どれも学校《がっこう》にかかわる、重要《じゅうよう》なことばかりで、気《き》を抜《ぬ》けない。

「この書類《しょるい》の決裁《けっさい》もたのむよ、会長《かいちょう》」

私《わたし》の机《つくえ》の前《まえ》に、中小路先輩《なかこうじせんぱい》が立《た》っている。

中小路先輩《なかこうじせんぱい》から、書類《しょるい》を受《う》けとると、私《わたし》はざっと目《め》を通《とお》して、決裁《けっさい》の印鑑《いんかん》を押《お》す。

「きちんと、すみずみまで、見《み》ておいたほうが、いいんじゃないのか？　ぼくが君《きみ》を陥《おとし》れるために、まちがった書類《しょるい》をつくったかもしれないだろ？」

中小路先輩《なかこうじせんぱい》が、意地《いじ》の悪《わる》い口調《くちょう》で言《い》う。

私《わたし》は小《ちい》さくため息《いき》をつく。

「不名誉《ふめいよ》をなにより嫌《きら》う中小路先輩《なかこうじせんぱい》が、そんなことするわけないですよ。副会長《ふくかいちょう》なんですから」

「ふん……」

中小路先輩《なかこうじせんぱい》は、不満《ふまん》げな顔《かお》で、書類《しょるい》を受《う》けとって席《せき》にもどっていく。

なんで、中小路先輩《なかこうじせんぱい》が生徒会《せいとかい》に？　と思《おも》ったかもしれないけど。

じつは私《わたし》がたのんだことなんだ。

生徒会長《せいとかいちょう》になって、一番《いちばん》はじめにする仕事《しごと》は、生徒会役員《せいとかいやくいん》を決《き》めること。

生徒会長《せいとかいちょう》には、生徒会役員《せいとかいやくいん》の任命権《にんめいけん》っていうのが与《あた》えられてて、好《す》きな生徒《せいと》を生徒会《せいとかい》に推薦《すいせん》することができる。

もちろん、本人《ほんにん》にことわられたらダメだけど。

それで、副会長《ふくかいちょう》を選《えら》ぶときに、最初《さいしょ》に思《おも》いついたのが、中小路先輩《なかこうじせんぱい》だった。

生徒会《せいとかい》の引《ひ》き継《つ》ぎで、折原先輩《おりはらせんぱい》のところに通《かよ》っていたとき、中小路先輩《なかこうじせんぱい》の仕事《しごと》ぶりも見《み》ていたんだよね。生徒会長戦《せいとかいちょうせん》で私《わたし》の対立候補《たいりつこうほ》として、あれだけ支持《しじ》されたのは、それだけの実力《じつりょく》があるから。

「中小路先輩《なかこうじせんぱい》には、よかったら副会長《ふくかいちょう》になっていただきたいんです」

生徒会長《せいとかいちょう》の引《ひ》き継《つ》ぎもだいぶ終《お》わったころ、私《わたし》は中小路先輩《なかこうじせんぱい》を呼《よ》びだして、思《おも》いきって誘《さそ》ってみた。

そうしたら……。

「……なるほど。ぼくの力《ちから》がぜひとも借《か》りたいということか。そこまで言《い》うなら、しかたがない。協力《きょうりょく》してあげないこともない」

中小路先輩《なかこうじせんぱい》は、あっさりとオーケーしてくれた。

生徒会長選挙中《せいとかいちょうせんきょちゅう》の、敵対心《てきたいしん》むきだしの態度《たいど》は、すっかりなくなっていて、拍子《ひょうし》ぬけしたぐらい。

「ありがとうございます。……でも、少《すこ》し意外《いがい》でした。こんなに、すんなり受《う》けてもらえるなんて」

「ぼくは将来《しょうらい》、もっと大《おお》きなステージに立《た》つ男《おとこ》なのだから。小《ちい》さなことは気《き》にしないんだよ」

きれいな黒髪《くろかみ》をかきあげて、中小路先輩《なかこうじせんぱい》は答《こた》える。

私《わたし》にはさっぱり意味《いみ》のわからない理由《りゆう》だったけど、中小路先輩《なかこうじせんぱい》なりに、なにか考《かんが》えが変《か》わったんだろうと、思《おも》うことにした。

……まあ、もともと少《すこ》し変《か》わった人《ひと》だったし、そのときの私《わたし》に、気《き》にしてる余裕《よゆう》もなかったし。

そんなふうに、副会長《ふくかいちょう》になってもらい、今《いま》では、現生徒会《げんせいとかい》の大事《だいじ》な戦力《せんりょく》だ。

いつも皮肉《ひにく》っぽい口調《くちょう》で、つっかかってくるけど、生徒会《せいとかい》でだれよりも仕事《しごと》をこなすのは、中《なか》小路先輩《こうじせんぱい》だしね。

なにより、私《わたし》を厳《きび》しい目《め》で見《み》ている人《ひと》が、近《ちか》くにいるだけで、背《せ》すじがのびる気《き》がする。

そういう意味《いみ》も、少《すこ》しあったりするんだけど。

コンコン

生徒会室《せいとかいしつ》のドアがノックされて、

「失礼《しつれい》します……」

入《はい》ってきた生徒《せいと》の姿《すがた》を見《み》て、私《わたし》はおもわず書類《しょるい》をチェックしていた手《て》を止《と》める。

「優月《ゆづき》、どうしたの？」

放課後《ほうかご》は、家庭科部《かていかぶ》の部活《ぶかつ》のはずだけど……。

「あのね……じつは……生徒会《せいとかい》にお願《ねが》いがあって、きたんだけど……」

そう言《い》って、優月《ゆづき》はちらりと、ほかの生徒会役員《せいとかいやくいん》を気《き》にするように、見《み》る。

「大丈夫《だいじょうぶ》。生徒会《せいとかい》の話《はなし》なら、ここで聞《き》くよ」

私《わたし》は立《た》ちあがって、優月《ゆづき》の近《ちか》くまでいく。

「うん……。じつは、家庭科部《かていかぶ》に、他校《たこう》の演劇部《えんげきぶ》から、衣装《いしょう》づくりを依頼《いらい》されているの」

「へえ〜、すごい。春休《はるやす》みにもあったよね？」

優月《ゆづき》が、春休《はるやす》み中《ちゅう》に学校《がっこう》にきて、忙《いそが》しそうにしていたのは知《し》ってる。

私《わたし》も生徒会《せいとかい》の仕事《しごと》で、学校《がっこう》にきていたころだし。

「うん。今回《こんかい》は別《べつ》の学校《がっこう》。それで……つくった衣装《いしょう》を保管《ほかん》するのに、場所《ばしょ》が必要《ひつよう》なの。でも、もう家庭科部《かていかぶ》の部室《ぶしつ》は、狭《せま》くなってしまっていて……。だから……部室《ぶしつ》を大《おお》きな部屋《へや》に変《か》えてもらえないかなって」

遠慮《えんりょ》がちに説明《せつめい》する優月《ゆづき》に、私《わたし》の眉間《みけん》にシワがよる。

たぶん優月《ゆづき》は、部活《ぶかつ》のだれかにお願《ねが》いされたんだろう。

私《わたし》と優月《ゆづき》が友達《ともだち》だから、たのみやすいと思《おも》って。

でも……。

「――事情《じじょう》はわかったけど、1つの部活《ぶかつ》を、特別《とくべつ》あつかいすることはできないよ、優月《ゆづき》。そんなことをしたら、部活同士《ぶかつどうし》に不公平《ふこうへい》が生《しょう》じる。それはわかるでしょう？」

私《わたし》はなるべく、そっけない口調《くちょう》で言《い》った。

生徒会役員《せいとかいやくいん》の手前《てまえ》、ここで優月《ゆづき》にいい顔《かお》するわけには、絶対《ぜったい》にいかない。

まわりにいるみんなが、私《わたし》と優月《ゆづき》の会話《かいわ》に注目《ちゅうもく》してる。

生徒会長《せいとかいちょう》が、自分《じぶん》の友達《ともだち》だからひいきした、なんて思《おも》われたら、これからほかの生徒《せいと》に、きちんとした対応《たいおう》ができなくなるし、だれもついてこなくなる。

折原先輩《おりはらせんぱい》は、氷《アイス》の女王《クイーン》と呼《よ》ばれていたけど、その冷《つめ》たさは、全校生徒《ぜんこうせいと》をきちんとまとめあげると

いう、責任感《せきにんかん》の裏返《うらがえ》しだったたってことが、今《いま》の私《わたし》にはよくわかるんだ。

それに。

学園《がくえん》ではじめての「2年生生徒会長《ねんせいせいとかいちょう》」になったばかりの私《わたし》が、「やっぱり2年生《ねんせい》だから未熟《みじゅく》だ」って思《おも》われたら……絶対《ぜったい》ダメなんだ。

私《わたし》の冷《つめ》たい声《こえ》に、優月《ゆづき》が、めずらしくムッとしたような表情《ひょうじょう》をしてる。

「実咲《みさき》ちゃん、もう少《すこ》しちゃんと話《はなし》を聞《き》いてくれたって……」

少《すこ》し胸《むね》が痛《いた》んだけど、ここで甘《あま》い顔《かお》をしたら、ダメだ。

「聞《き》いても特別《とくべつ》あつかいはできないから。もし、どうしても部室《ぶしつ》の変更《へんこう》が必要《ひつよう》なら、部長《ぶちょう》から正式《せいしき》に申請書類《しんせいしょるい》を提出《ていしゅつ》してくれれば、検討《けんとう》しますと伝《つた》えて」

「で、でも、それじゃあ、衣装《いしょう》づくりに間《ま》にあわないよ……」

優月《ゆづき》の言葉《ことば》に、私《わたし》はきっぱりと首《くび》を横《よこ》にふる。

優月《ゆづき》は、さらになにかを言《い》いかけて……やめた。

「わかった。……いそがしいところ、おじゃまして、ごめんね」

ドアを開《あ》けて、ろう下《か》に出《で》ようとしたところで、優月《ゆづき》がふり返《かえ》る。

「……生徒会長《せいとかいちょう》になって、少《すこ》し冷《つめ》たくなったよ、実咲《みさき》ちゃん」

「ゆづ……」

声《こえ》をかけようとしたけど、その前《まえ》に、ドアが閉《し》まった。

優月《ゆづき》のお願《ねが》いを、冷《つめ》たくつきはなしたのは、私自身《わたしじしん》だ。

「……」

私《わたし》は自分《じぶん》の席《せき》にもどる。

生徒会役員《せいとかいやくいん》は、なにごともなかったかのように、静《しず》かに仕事《しごと》を進《すす》めてる。

中小路先輩《なかこうじせんぱい》も、なにか言《い》ってくるかと思《おも》ったけど、だまって仕事《しごと》をしてる。

でも、そのほうが助《たす》かる。

今《いま》は、中小路先輩《なかこうじせんぱい》の相手《あいて》ができる気分《きぶん》じゃない。

私《わたし》は書類《しょるい》に目《め》を落《お》としつつ、考《かんが》える。

でも。

……せめて、もう少《すこ》しくわしく、事情《じじょう》を聞《き》いてあげるべきだったかな。

4 すれちがう想《おも》い

優月《ゆづき》サイド

「あんなふうに、言《い》わなくてもいいのに……」

わたしは生徒会室《せいとかいしつ》を出《で》て、ろう下《か》を歩《ある》きながら、つぶやく。

はじめから、むずかしいお願《ねが》いだとは思《おも》ってたけど。

だからって、あんなにアッサリとことわられるなんて、思《おも》ってなかった。

声《こえ》も、表情《ひょうじょう》も、まるで知《し》らない人《ひと》みたいに冷《つめ》たかったし。

ほとんど事情《じじょう》も聞《き》かずに拒否《きょひ》されたのがショックで、おもわず捨《す》てゼリフみたいなことを言《い》って出《で》てきちゃったけど……。

実咲《みさき》ちゃん、こまったような顔《かお》してたな。

1年《ねん》も友達《ともだち》でいれば、微妙《びみょう》な表情《ひょうじょう》のちがいぐらいはわかるんだよね。

さっきは、わたしも家庭科部《かていかぶ》のためだと思《おも》って、熱《あつ》くなりすぎてたのかも。

「……実咲《みさき》ちゃんも生徒会長《せいとかいちょう》として、大変《たいへん》なんだよね……」

あたりまえのことなのに、実咲《みさき》ちゃんが、クラス委員《いいん》の役目《やくめ》とかも、いつも楽々《らくらく》とこなしてしまう姿《すがた》を見《み》てたから——気《き》づけなかった。

家庭科部《かていかぶ》の希望《きぼう》を伝《つた》えることばかり考《かんが》えていて、実咲《みさき》ちゃんの気持《きも》ちを、考《かんが》えていなかったかも。

どうしよう……。

頭《あたま》が冷《ひ》えてくると、急《きゅう》に自分《じぶん》の言《い》ったことが、冷静《れいせい》に思《おも》いだせるようになる。

わたし、実咲《みさき》ちゃんに、ひどいこと言《い》っちゃった。

2年生《ねんせい》なのに選《えら》ばれて生徒会長《せいとかいちょう》になったばかりの実咲《みさき》ちゃんが、大変《たいへん》だって、わかってたはずなのに……。

友達《ともだち》なのに……。

気《き》づくと、家庭科部《かていかぶ》の部室《ぶしつ》の前《まえ》にいた。

家庭科部《かていかぶ》のみんなにも、なんて言《い》おう。

木塚部長《こづかぶちょう》、ざんねんがるよね。

でも、ちゃんと説明《せつめい》しなくちゃ。

わたしは、ドアを開《あ》ける。

「おかえりー！　優月《ゆづき》、どうだった？」

木塚部長《こづかぶちょう》をはじめ、向井《むかい》さんや、1年生《ねんせい》のみんなの視線《しせん》が集《あつ》まる。

「あ、あの……やっぱり無理《むり》でした。正式《せいしき》な申請書《しんせいしょ》を出《だ》せば、検討《けんとう》はしてくれるみたいですけど」

「そっかぁ……。でも、いまから申請書《しんせいしょ》を出《だ》しても、間《ま》にあわないよね」

木塚部長《こづかぶちょう》は、ざんねんそうな顔《かお》をする。

「たぶん……。それに、本当《ほんとう》に部室《ぶしつ》を変《か》えてもらえるかどうかは、わからないです……」

「そうだね。でも、念《ねん》のため、あとで申請書《しんせいしょ》は出《だ》しておくよ。それより今《いま》は、この部室《ぶしつ》を片《かた》づけて、少《すこ》しでもスペースをつくりだすしか、ないかなぁ。かなりむずかしそうだけど」

木塚部長《こづかぶちょう》の言葉《ことば》に、わたしたち部員《ぶいん》は、そろって部室《ぶしつ》を見《み》まわす。

決《けっ》して、ちらかってるわけじゃない。

片《かた》づけ好《ず》きな部員《ぶいん》ばかりだし、整理整頓《せいりせいとん》しているほうだと思《おも》う。

だけど、山《やま》のような衣装《いしょう》や作品《さくひん》は、どうしてもかさばる。

「……もったいないけど、処分《しょぶん》も考《かんが》えたほうがいいかもね」

「でも、みんな思《おも》い出深《でぶか》いものばかりです」

向井《むかい》さんが言《い》う。

わたしは、キュッとくちびるをかみしめる。

自分《じぶん》の作品《さくひん》は、卒業時《そつぎょうじ》にはほとんど持《も》って帰《かえ》るけれど、部員全員《ぶいんぜんいん》で苦労《くろう》しながらつくった大《おお》がかりな衣装《いしょう》や作品《さくひん》は、部室《ぶしつ》に残《のこ》してある。

そういうのを、処分《しょぶん》してしまうのは……正直《しょうじき》、かなしい。

「すぐにってわけじゃないよ。ここにある、自分《じぶん》のつくった衣装《いしょう》や作品《さくひん》を持《も》ち帰《かえ》るだけでも、いくらかスペースはつくれるだろうし」

「はい……」

「そう暗《くら》い顔《かお》しない！　……今日《きょう》はとりあえず、とりかかってる作品《さくひん》のつづきをしようか。衣装《いしょう》は、演劇部《えんげきぶ》と打《う》ち合《あ》わせをしないと、動《うご》きだせないしね。1年生《ねんせい》には、わたしが教《おし》えてあげる」

「そうですね……」

わたしは、うなずく。

「優月《ゆづき》、どうかした？　もどってきてから、元気《げんき》ないように見《み》えるけど。もしかして、責任《せきにん》を感《かん》じてる？」

木塚部長《こづかぶちょう》が、わたしの顔《かお》をのぞきこむように見《み》る。

「いえ、なんでもないです……あっ！」

立《た》ちあがろうとして、テーブルの上《うえ》にあった、裁縫道具《さいほうどうぐ》の箱《はこ》を床《ゆか》にひっくり返《かえ》してしまう。

「ごめん、急《きゅう》に話《はな》しかけたから」

「いえ、わたしがぼーっとしてたのが、いけないんです」

わたしは、床《ゆか》に転《ころ》がった針《はり》や糸《いと》やハサミを、ひろいあげていく。

いつもは、こんなドジはしないんだけどなぁ。

わたしは、小《ちい》さくため息《いき》をつく。

――実咲《みさき》ちゃんに、さっきのことあやまらなくちゃ。

それが、頭《あたま》の中《なか》をぐるぐるとまわってる。

でも、実咲《みさき》ちゃん、あんなこと言《い》ったのに、口《くち》をきいてくれるかな？

もしこのまま、話《はなし》もできないままになったら……。

想像《そうぞう》して、サーッと血《ち》の気《け》が引《ひ》く。

そんなのいやだ！

いやだけど…………うまく、あやまれるかな？

今《いま》、あやまっても、部活《ぶかつ》の問題《もんだい》があるから、とりあえずあやまってるなんて、思《おも》われたりしないかな？

だからって、家庭科部《かていかぶ》の部室《ぶしつ》の問題《もんだい》が解決《かいけつ》するまで、あやまらないなんて、いつになるかわからないし。

……こういうとき、アスカちゃんなら、すぐにあやまれるんだろうなぁ。

アスカちゃんの言葉《ことば》って、不思議《ふしぎ》と信《しん》じられるんだよね。

それはたぶん、いつもアスカちゃんが、なにをするにもまっすぐだからだと、わたしは思《おも》ってる。

わたしにも、アスカちゃんの勇気《ゆうき》の、ほんの少《すこ》しでも、わけてもらえたらいいのに。

心《こころ》の中《なか》で、ため息《いき》をついた。

5 解決《かいけつ》のヒントは？

実咲《みさき》サイド

「実咲《みさき》、優月《ゆづき》、お昼《ひる》いっしょに食《た》べよー！」
アスカが、お昼休《ひるやす》みになってすぐに、さそってくる。
私《わたし》は少《すこ》しほっとしながら、いつものように、机《つくえ》をくっつける。
昨日《きのう》、優月《ゆづき》にきびしいことを言《い》ってしまってから、なんとなく、話《はな》せないままでいる。
目《め》が合《あ》うと、おたがいに、あわててそらしちゃって……。
はあぁ……。
ダメだなぁ、私《わたし》。
アスカが、お弁当《べんとう》を食《た》べながら、話《はな》しだす。
「そういえば、わたし、昨日《きのう》、バスケ部《ぶ》の試合《しあい》の助《すけ》っ人《と》に行《い》ってきたんだよね」
アスカのお弁当《べんとう》は、あいかわらず、おいしそう。
優月《ゆづき》もお弁当《べんとう》を食《た》べはじめたのを見《み》て、私《わたし》もお弁当《べんとう》を開《ひら》いた。

私《わたし》は心《こころ》の中《なか》で、ほっとする。

アスカが話《はな》したのに、あいづちをうってたら、気《き》まずい雰囲気《ふんいき》じゃなくなるし……。

「部活《ぶかつ》に入《はい》るつもりは、ないんじゃなかったっけ？」

私《わたし》はアスカにきく。

「入《はい》ってないよ。だから、助《すけ》っ人《と》」

あっけらかんと、アスカは答《こた》える。

アスカは、運動部《うんどうぶ》の練習試合《れんしゅうじあい》とかに、助《すけ》っ人《と》でたまに出《で》てる。

助《すけ》っ人《と》だと、公式戦《こうしきせん》は出《で》られないんだって。

練習試合《れんしゅうじあい》にだけ出《で》てきても、あまりプラスにならないんじゃないかと思《おも》ったけど、そうでもないらしい。

前《まえ》に、運動部《うんどうぶ》の部長《ぶちょう》にきいてみたことがあったけど、

「アスカが入《はい》ると、試合《しあい》のレベルが高《たか》くなるから、すごくいい練習《れんしゅう》になるんだよ。あーほんとに正式《せいしき》に入部《にゅうぶ》してくれないかなぁー！」

なんて言《い》っていたし。

「それでさ、その練習試合《れんしゅうじあい》の相手《あいて》が、強《つよ》いし、きびしいし」

「きびしい？」

私《わたし》は首《くび》をかしげる。

強《つよ》いだけじゃなくて、きびしいってどういうことだろう？

「わたしにがっちり2人《ふたり》、マークつけてきてさ。それも、2人《ふたり》とも、すっごくうまいんだよね。それに、ファウルすれすれまで、せまってくる気迫《きはく》もあって」

そう話《はな》すアスカは、楽《たの》しそう。

なんだかんだいって、部活《ぶかつ》に入《はい》らなくても、体《からだ》を動《うご》かすのが好《す》きなのは、小学校《しょうがっこう》のときから変《か》わらない。

ライバルが強《つよ》いほど、燃《も》えるタイプだしね。

「ファウルすれすれって、あぶなくないの？」

優月《ゆづき》が心配《しんぱい》そうに、アスカにきく。

「う〜ん……。バスケも、体《からだ》がぶつかったりするし、それでケガしちゃったりすることもあるけど、そのギリギリのところで、勝負《しょうぶ》するのがおもしろいんだよね」

「つまり、燃《も》える相手《あいて》だったたって、ことでしょ？」

「うん、そうそう！　さすが実咲《みさき》、わかってる！」

アスカは、にっこりと笑《わら》う。

「わたしに2人《ふたり》マークがついてるってことは、常《つね》に1人《ひとり》はマークがはずれてるってことでしょ？　だから、ボールを持《も》ったら、自分《じぶん》でドリブルで抜《ぬ》きにいくふりをして、ノーマークのチームメイトにパスを出《だ》すって形《かたち》で攻《せ》めたんだ。これが、うまくいってさ！」

「それじゃあ、アスカちゃんは試合《しあい》では、パスばかり出《だ》してたの？」

優月《ゆづき》が、ちょっと意外《いがい》そうな顔《かお》をしてる。

たぶん、ちがう。

アスカの性格《せいかく》なら……。

「まさか！　わたしと勝負《しょうぶ》しにきてくれたんだもん。受《う》けて立《た》ったよ。ほかのメンバーにパスが回《まわ》るようになってからは、わたしへのマークが甘《あま》くなったんだよね。だからそこで、わたしはドリブルで、1人《ひとり》の足《あし》もとを抜《ぬ》いて、シュートを防《ふせ》ぎにきたもう1人《ひとり》を、空中《くうちゅう》でかわして、ゴールを決《き》めたの。それが決勝点《けっしょうてん》。もう、みんなで大喜《おおよろこ》びだったよ！」

アスカは、満面《まんめん》の笑《え》みで答《こた》える。

「それだけ活躍《かつやく》したら、また部活《ぶかつ》にさそわれたんじゃない？　入《はい》ったらいいのに。バスケ好《す》きでしょ？」

「うっ……う、うん………でも、いろいろ、いそがしいし……」

わたしの質問《しつもん》に、アスカがしどろもどろになる。

部活《ぶかつ》の話《はなし》になると、いつもこの調子《ちょうし》なんだよね。

なにが、そんなにいそがしいのかは、ぜんぜん教《おし》えてくれないし。

「と、ところで2人《ふたり》とも、今日《きょう》の放課後《ほうかご》、駅前《えきまえ》によっていかない？　タイヤキのおいしいお店《みせ》が、できたらしいんだけど！」

アスカがあせった様子《ようす》で、話題《わだい》を変《か》えてくる。

「あ、ごめん……私《わたし》は生徒会《せいとかい》があるから……」

言《い》いながら私《わたし》は、ちらりと優月《ゆづき》を見《み》て、すぐに目《め》をそらす。

「わたしも部活《ぶかつ》があるから。……ごめんね、アスカちゃん」

優月《ゆづき》も、一瞬《いっしゅん》だけ、私《わたし》に視線《しせん》をむけたように見《み》えた。

「そっか～。2人《ふたり》ともいそがしそうだもんね。あ、それじゃあさ……」

アスカは、私《わたし》と優月《ゆづき》の様子《ようす》に気《き》がつかずに、ちがう話《はなし》をしはじめてる。

生徒会《せいとかい》があるのは本当《ほんとう》だけど、優月《ゆづき》と話《はな》すいい機会《きかい》だったかも、しれないのに。

うまくやれないなぁ、私《わたし》。

アスカと優月《ゆづき》にことわって、先《さき》に席《せき》を立《た》つと、ろう下《か》に出《で》る。

少《すこ》し気分《きぶん》を変《か》えたかった。

私《わたし》から少《すこ》しおくれて、ケイくんがろう下《か》に出《で》てくる。

どこか行《い》くのかな？

……って、えっ？

ケイくんが、私《わたし》の前《まえ》に立《た》った。

「……気《き》になることが、あるのか？」

とまどう私《わたし》に、ケイくんがなにげなく、言《い》う。

「なんで知《し》って……!?」

アスカも気《き》づいてないのに……。

「──1つの問題《もんだい》が解決《かいけつ》できないのなら、もう1つの問題《もんだい》と、あわせて考《かんが》えてみるといい」

ケイくんはそれだけ言《い》うと、くるっと背《せ》をむ

けて歩《ある》きだす。

「えっ、それって、どういう……」

声《こえ》をかけたけど、ケイくんはそのまま行《い》ってしまった。

いったい、なにが言《い》いたかったんだろう？

ケイくんが言《い》ってたのは、私《わたし》と優月《ゆづき》のこと、だよね？

その解決方法《かいけつほうほう》のヒントなのかな。

でも、私《わたし》にはさっぱりわからない。

もう1つの問題《もんだい》とあわせて考《かんが》えてみる、か。

その言葉《ことば》を頭《あたま》の片隅《かたすみ》において、私《わたし》は教室《きょうしつ》にもどった。


放課後《ほうかご》になり、私《わたし》は生徒会室《せいとかいしつ》にいた。

「氷室会長《ひむろかいちょう》、ここ、計算《けいさん》がまちがってるぞ」

中小路先輩《なかこうじせんぱい》が、書類《しょるい》をつき返《かえ》してくる。

「えっ……すみません……」

私《わたし》は書類《しょるい》に目《め》を落《お》とし、あやまる。

今日《きょう》、何度目《なんどめ》だろうか。

印《いん》の押《お》しまちがえに、計算《けいさん》ミス、書類《しょるい》のチェックし忘《わす》れ。

ミスばっかりしてる。

「おいおい。そんなにミスばかりするんじゃ、ぼくと生徒会長《せいとかいちょう》を代《か》わったほうが、いいんじゃないのか？」

中小路先輩《なかこうじせんぱい》が、皮肉《ひにく》たっぷりに言《い》う。

でも、今《いま》の私《わたし》は言葉《ことば》を返《かえ》せない。

中小路先輩《なかこうじせんぱい》は、そんな私《わたし》を見《み》て、小《ちい》さく舌打《したう》ちすると、

「まったく！　君《きみ》にふぬけになられると、ぼくまでかるく見《み》られるだろう」

と、強《つよ》い口調《くちょう》で言《い》う。

「すみません……」

あやまるしかない。

ミスしたのは自分《じぶん》だ。

しかも、そのフォローのほとんどを、中小路先輩《なかこうじせんぱい》がしてくれている。

「この書類《しょるい》を確認《かくにん》してくれ。ミスはしないでくれよ」

中小路先輩《なかこうじせんぱい》が、私《わたし》に書類《しょるい》をわたしてくる。

私《わたし》は今度《こんど》はミスしないようにと、念入《ねんい》りに書類《しょるい》に目《め》を通《とお》す。

「これって……」

読《よ》んでいるうちに、ふと気《き》づいた。

もしかして、ケイくんが言《い》ってたのって……！

「中小路先輩《なかこうじせんぱい》！　この書類《しょるい》の受理《じゅり》は、ちょっと待《ま》ってください」

「なんだ？　ぼくに、まちがいがあったとでもいうのか？」

不満《ふまん》げに、中小路先輩《なかこうじせんぱい》が私《わたし》を見《み》る。

私《わたし》は首《くび》をふると、力強《ちからづよ》く言《い》った。

「ちがいます。ただ、もっといい案《あん》があるんです！」

6 ナイショの2人《ふたり》

家庭科部《かていかぶ》に行《い》く、足《あし》が重《おも》い。

これから、衣装《いしょう》づくりも本格的《ほんかくてき》にやらなきゃいけないのに……。

演劇部《えんげきぶ》と打《う》ち合《あ》わせして、衣装《いしょう》をデザインして、その衣装《いしょう》をつくりあげる。

どれだけ時間《じかん》があるかなぁ。

それまでに、実咲《みさき》ちゃんと仲《なか》なおりできるといいんだけど。

——でも、今日《きょう》のことを考《かんが》えると、このまま、ずーっと仲《なか》なおりできないような気《き》がする。

じわっと、涙《なみだ》がうかぶのを、ふりはらったとき、

「優月《ゆづき》！」

「……えっ？」

むこうから、実咲《みさき》ちゃんが早足《はやあし》で歩《ある》いてくる。

「優月《ゆづき》、よかった、会《あ》えた！」

ほっとした顔《かお》で、実咲《みさき》ちゃんが声《こえ》をかけてくる。

ど、どうなってるの？

今日一日《きょういちにち》、目《め》も合《あ》わなくて、てっきりわたしのこと怒《おこ》ってるとばかり思《おも》ってたのに……。

でも、これはチャンスだ。

実咲《みさき》ちゃんから、声《こえ》をかけてきてくれたんだし。

「この間《あいだ》のことなんだけど……」

実咲《みさき》ちゃんが話《はな》しだす。

「ごめんね！」

わたしは、実咲《みさき》ちゃんの言葉《ことば》をさえぎるように、あやまる。

「えっ……？」

今度《こんど》は、実咲《みさき》ちゃんが、とまどったような顔《かお》をしてる。

「実咲《みさき》ちゃんが、生徒会長《せいとかいちょう》として、がんばってるのを知《し》ってたのに、無理《むり》なお願《ねが》いをして」

わたしは、つづけて言《い》った。

実咲《みさき》ちゃんの顔《かお》が、泣《な》きだしそうなぐらいに、くしゃっとなる。

「ううん！　私《わたし》も余裕《よゆう》がなくって、優月《ゆづき》の話《はなし》をちゃんと聞《き》いてあげなかったから」

実咲《みさき》ちゃんが、大《おお》きく首《くび》を横《よこ》にふる。

そっか。

実咲《みさき》ちゃんも、そう思《おも》ってくれてたんだ。

それだけで、わたしはうれしくなる。

「部室《ぶしつ》のことは、自分《じぶん》たちでなんとか工夫《くふう》してみるから、心配《しんぱい》しないで」

わたしは言《い》う。

なんとかなるか、本当《ほんとう》はわからないけど、これ以上《いじょう》、実咲《みさき》ちゃんに負担《ふたん》をかけたくない。

「ちょっと待《ま》って！」

だけど、実咲《みさき》ちゃんが、そんなわたしを止《と》める。

「えっ？」

わたしは、きょとんとして、実咲《みさき》ちゃんを見《み》る。

「じつは、そのことなんだけど、どうにかなりそうなの」

どうにかって……。

「ほ、ほんとに!?」

わたしは、びっくりして、実咲《みさき》ちゃんにきき返《かえ》す。

「うん」

実咲《みさき》ちゃんは、自信《じしん》ありげに大《おお》きくうなずくと、つづけた。

「部室《ぶしつ》を変《か》えることはできないんだけど、家庭科部《かていかぶ》のかかえる問題《もんだい》は、解決《かいけつ》できると思《おも》う」

体育館《たいいくかん》がざわめいている。

家庭科部《かていかぶ》と演劇部《えんげきぶ》の部員《ぶいん》、あわせて30人《にん》ぐらいが集《あつ》まって、衣装《いしょう》を運《はこ》んでいた。

「ほんとに助《たす》かったよ、実咲《みさき》」

衣装《いしょう》を持《も》って通《とお》りかかった水夏《みなつ》が、声《こえ》をかけてくる。

今日《きょう》は演劇部《えんげきぶ》の副部長《ふくぶちょう》として、衣装運《いしょうはこ》びだけじゃなく、指示《しじ》も出《だ》してる。

「でも、よく思《おも》いついたね。衣装《いしょう》おき場《ば》として、演劇部《えんげきぶ》と家庭科部《かていかぶ》が、同《おな》じ部室《ぶしつ》を共同《きょうどう》で使《つか》うなんて」

水夏《みなつ》が、感心《かんしん》したように私《わたし》を見《み》る。

「たまたまだよ。ちょうど、廃部《はいぶ》になった部活《ぶかつ》があって、空《あ》き部屋《べや》ができたの。でも、家庭科部《かていかぶ》の部室《ぶしつ》よりは小《ちい》さいし、さすがに1つの部活《ぶかつ》が、2つの部室《ぶしつ》を持《も》つのは、他《ほか》の部《ぶ》に対《たい》して不公平《ふこうへい》があるから」

「それで、うちと家庭科部《かていかぶ》で、いっしょに衣装保管部屋《いしょうほかんべや》として使《つか》うことにしたわけね。たしかに、これなら不公平《ふこうへい》ではないかも。それにしても、いいタイミングだったよね。うちも、衣装部屋《いしょうべや》として使《つか》える部屋《へや》がないか、ずっと生徒会《せいとかい》に申請《しんせい》してたし」

そう。

これが、私《わたし》が思《おも》いついた方法《ほうほう》。

といっても、きっかけはあの言葉《ことば》のおかげだけど。

「それは、ケイくんのおかげかな」

「へ？　そこでなんで、紅月君《こうづきくん》の名前《なまえ》が出《で》てくるの？」

水夏《みなつ》は、不思議《ふしぎ》そうな顔《かお》をしてる。

「副部長《ふくぶちょう》！　ちょっと来《き》てください」

演劇部《えんげきぶ》の部員《ぶいん》から、水夏《みなつ》が呼《よ》ばれる。

「あ、ごめん。行《い》ってくるね」

水夏《みなつ》は、かけ足《あし》で呼《よ》ばれたほうに、むかっていく。

その間《あいだ》にも、衣装《いしょう》を運《はこ》ぶ生徒《せいと》の列《れつ》は、とだえない。

「氷室会長《ひむろかいちょう》。これは、どっちにおけばいいですか？」

通《とお》りかかった衣装《いしょう》を持《も》った生徒《せいと》に、きかれる。

「これは、部室《ぶしつ》のAと仕切《しき》ってある場所《ばしょ》にお願《ねが》いします」

新《あたら》しい衣装保管場所《いしょうほかんばしょ》には、すでに床《ゆか》にアルファベットで仕切《しき》りをつくってある。

2つの部活《ぶかつ》がいっしょに使《つか》う以上《いじょう》、場所《ばしょ》の区切《くぎ》りはきちんとしておかないと、あとでトラブルになったりもする。

だから、最初《さいしょ》に家庭科部《かていかぶ》と演劇部《えんげきぶ》で、保管《ほかん》する衣装《いしょう》をチェックして、どれだけ持《も》ちこめるかは、確認《かくにん》してある。

そういった手続《てつづ》きは、すべて生徒会《せいとかい》にまかせてもらった。

部活同士《ぶかつどうし》でやって、うまくいかなかったら、こまるしね。

「実咲《みさき》ちゃん！」

声《こえ》のした方《ほう》に視線《しせん》をむけると、優月《ゆづき》とアスカが衣装《いしょう》をかかえて、歩《ある》いてくる。それに、水夏《みなつ》も。

「ほんとにありがとう！　部長《ぶちょう》も、部員《ぶいん》みんなも大喜《おおよろこ》びだよ！」

優月《ゆづき》は、本当《ほんとう》にうれしそうに笑《わら》ってる。

よかった……。

心《こころ》の中《なか》で、ほっと息《いき》をつく。

生徒《せいと》のみんなに、こんな笑顔《えがお》でいてほしいから、生徒会長《せいとかいちょう》になったんだもんね。

それに……優月《ゆづき》とまた、笑顔《えがお》で話《はなし》ができるようになって、私《わたし》もうれしい。

「私《わたし》なんて、たいしたことしてないよ。……この間《あいだ》も、優月《ゆづき》にひどいこと言《い》っちゃったし」

「それは、おたがいさまだよ」

優月《ゆづき》は首《くび》をふる。

「えっ？　2人《ふたり》ともさっきから、なんの話《はなし》？」

事情《じじょう》を知《し》らないアスカは、きょとんとした顔《かお》をしてる。

まるっきり、私《わたし》と優月《ゆづき》のことに、気《き》がついてなかったみたい。アスカらしいけど。

なんだかそれがおかしくて、私《わたし》と優月《ゆづき》は顔《かお》を見《み》あわせると、そろって答《こた》えた。

「「ナイショ！」」

「ええっ！　なんなのぉ？」

アスカが声《こえ》を上《あ》げるのを聞《き》きながら、私《わたし》と優月《ゆづき》はもう一度《いちど》、視線《しせん》をかわして、ほほえんだ。

天《てん》才《さい》少《しょう》女《じょ》・桜《さくら》子《こ》のたくらみ

1 研究室《けんきゅうしつ》のケイ

大学《だいがく》の門《もん》をくぐると、ちらちらとあたしを見《み》る視線《しせん》を感《かん》じる。

ここに来《き》て1年《ねん》経《た》つのに、まだあたしの高校《こうこう》の制服姿《せいふくすがた》が、めずらしい大学生《だいがくせい》がいるらしい。

まわりを見《み》ると、遊園地《ゆうえんち》みたいな、大《おお》きな敷地内《しきちない》に、校舎《こうしゃ》が何列《なんれつ》も何列《なんれつ》もならんでる。

これ全部《ぜんぶ》が、教室《きょうしつ》や研究室《けんきゅうしつ》なんだよなあと思《おも》うと、毎回少《まいかいすこ》し圧倒《あっとう》される。

ここは、国立《こくりつ》の理数系大学《りすうけいだいがく》。

大学院《だいがくいん》や研究所《けんきゅうじょ》もある、有名《ゆうめい》なところだ。

ここに、あたしは週《しゅう》に2〜3回《かい》の割合《わりあい》でかよってきてるんだ。

門《もん》をくぐってから、あたしの目指《めざ》すF‐3棟《とう》までは、歩《ある》いて15分《ふん》くらいかかる。

大学生《だいがくせい》の中《なか》には、自転車《じてんしゃ》で移動《いどう》してる人《ひと》もいるくらいだから、おもしろいよね。

敷地《しきち》の中《なか》には、食事《しょくじ》ができるレストランやカフェテリアだけでも10か所《しょ》くらいあるんだって。

大学内《だいがくない》にコンビニも、本屋《ほんや》さんも、床屋《とこや》さんすらある。

あたしも、まだ敷地《しきち》の全部《ぜんぶ》を歩《ある》いたことがないくらい。
緑《みどり》の茂《しげ》る木々《きぎ》に、日差《ひざ》しでキラキラと光《ひか》る芝生《しばふ》を通《とお》り抜《ぬ》け、さらに進《すす》むと、見《み》あげるような建《たて》物《もの》が、いくつもならぶ。
あたしは、その一番奥《いちばんおく》にある建物《たてもの》に入《はい》った。
研究室《けんきゅうしつ》がいくつか入《はい》る建物《たてもの》は、しんとして静《しず》かで、ろう下《か》もきれいに片付《かたづ》いている。

ときおりすれちがう大学生《だいがくせい》も、なにかを思案《しあん》するような顔《かお》で、あたしのことに気《き》づいていない。

ろう下《か》を進《すす》み、

『北澤研究室《きたざわけんきゅうしつ》』

と書《か》かれたプレートが、かかげられたドアを、あたしはノックして開《あ》ける。

「おはようございま〜す！」

やっぱり、あいさつって重要《じゅうよう》だよね。

「おはよう。といっても、もう2時《じ》すぎだけどねぇ」

「今日《きょう》は土曜《どよう》で、午前中《ごぜんちゅう》まで授業《じゅぎょう》があったんです！」

ドアの近《ちか》くに立《た》っていた、北澤教授《きたざわきょうじゅ》があいさつを返《かえ》してくれる。

北澤教授《きたざわきょうじゅ》は、小柄《こがら》で小太《こぶと》りな体《からだ》を、白衣《はくい》でつつんでいる。見《み》るからにやさしそうで、人《ひと》の良《よ》さがにじみでている50代《だい》のおじさん。

そのまわりには、大学生《だいがくせい》が集《あつ》まってる。

「しかしキミもの好《ず》きだよね。花《はな》の女子高校生《じょしこうこうせい》だってのに、むさくるしい男《おとこ》たちとむさくるしい研究室《けんきゅうしつ》で顔《かお》をつきあわせて、あーでもないこーでもないやるのが放課後《ほうかご》だなんてさー。もっと青春《せいしゅん》したら？」

「よけいなお世話《せわ》です、教授《きょうじゅ》」

あたしは、心《こころ》の中《なか》で舌《した》を出《だ》して、自分《じぶん》のデスクにむかう。

「桜子《さくらこ》、おはよう」

「おはよう。ちょうど、ききたいことがあったんだよ」

研究室《けんきゅうしつ》のあちこちから、大学生《だいがくせい》が、笑顔《えがお》であいさつしてくれる。

「おはようございます。……ちょっと待《ま》ってください」

あたしはあいさつを返《かえ》しながら、自分《じぶん》のデスクにバッグをおいて、中《なか》から白衣《はくい》を出《だ》す。

ふわっと、それを着《き》こんで、研究室《けんきゅうしつ》を見《み》わたす。

研究室《けんきゅうしつ》には、10個以上《こいじょう》のデスクがならび、それぞれのデスクにパソコンがおかれている。

そのパソコンで、大学生《だいがくせい》の人《ひと》たちが熱心《ねっしん》に作業《さぎょう》をしてる姿《すがた》は、見《み》るだけで気《き》が引《ひ》きしまる。

壁際《かべぎわ》には、スチール棚《だな》がおかれ、大事《だいじ》な書類《しょるい》をまとめたファイルが、しまってあった。

この風景《ふうけい》を見《み》ると、研究室《けんきゅうしつ》に来《き》たって気《き》がするんだよね。

さて、今日《きょう》も研究《けんきゅう》はじめようかな！

いきなりなんの話《はなし》!?　と思《おも》った人《ひと》もいるよね。だから、ここで自己紹介《じこしょうかい》。

あたしの名前《なまえ》は、宇佐美桜子《うさみさくらこ》。高校《こうこう》1年生《ねんせい》。

え？　高校生《こうこうせい》なのに、なんで大学《だいがく》にいるのかって？

ふふふ……それは、あたしが特例《とくれい》で、この研究室《けんきゅうしつ》に参加《さんか》させてもらっているから。

幼稚園《ようちえん》に入《はい》るころには方程式《ほうていしき》をとけてて、理数系《りすうけい》の大学受験問題《だいがくじゅけんもんだい》テキストにパズル気分《きぶん》でトライしたりしてたんだよね。

パパとママは、あたしが天才少女《てんさいしょうじょ》だってことにあまり関心《かんしん》がなかったから、別《べつ》になんてことなく、ふつうの小学校《しょうがっこう》にかよってた。

ただあたしは、となりの市《し》の公立図書館《こうりつとしょかん》に通《かよ》って、興味《きょうみ》のある化学《かがく》や物理《ぶつり》の本《ほん》を、次《つぎ》から次《つぎ》へと読《よ》むのが趣味《しゅみ》だったんだ。

中学《ちゅうがく》に入《はい》ると、理科《りか》の先生《せんせい》があたしの能力《のうりょく》に驚《おどろ》いて、自分《じぶん》の出身大学《しゅっしんだいがく》の教授《きょうじゅ》に紹介《しょうかい》してくれた。

あたしも興味《きょうみ》があったから、研究室《けんきゅうしつ》に顔《かお》を出《だ》してるうちに、特別研究員《とくべつけんきゅういん》としてまねかれることになったってわけ。

「うちの研究室《けんきゅうしつ》で、いっしょに研究《けんきゅう》をしませんか？」って。

それって、ものすごい特別《とくべつ》なことなんだよ。

中学《ちゅうがく》の授業《じゅぎょう》は、あたしにとってガマンする時間《じかん》でしかなかったから、すぐにその誘《さそ》いにオーケーして、研究室《けんきゅうしつ》にやってきたの。

それからは特例《とくれい》ってことで、午前中《ごぜんちゅう》は学校《がっこう》に行《い》って、午後《ごご》は研究室《けんきゅうしつ》っていう生活《せいかつ》がつづいてる。

ここでは、素粒子物理学《そりゅうしぶつりがく》の観点《かんてん》から、ダークマターについて研究《けんきゅう》してるんだけど、本当《ほんとう》におもしろいんだよね。

素粒子物理学《そりゅうしぶつりがく》っていうのはね……あれ？　それは聞《き》きたくない？

じゃあ、いっか。

そんなわけで、あたしは今《いま》、充実《じゅうじつ》してる……はずなんだけど。


あたしはデスクの間《あいだ》を通《とお》って、奥《おく》のデスクでパソコンのキーボードをたたいている、無愛想《ぶあいそう》な男《おとこ》の子《こ》の前《まえ》に行《い》く。

「ケイ、おはよ！　調子《ちょうし》はどう？」

無愛想《ぶあいそう》な男《おとこ》の子《こ》――紅月圭《こうづきけい》は、目《め》をあげずに画面《がめん》を見《み》たまま、

「とくに変《か》わりありません」

と、表情《ひょうじょう》を変《か》えずに答《こた》える。

本当《ほんとう》にもう、無愛想《ぶあいそう》の仮面《かめん》でもつけているみたいに、表情《ひょうじょう》が変《か》わらない。

一度《いちど》、本当《ほんとう》に仮面《かめん》でもつけてるんじゃないかと、ほおをつねったことがあるんだけど、とうぜんながら、やわらかくて、あたたかかった。

充実《じゅうじつ》してるはずの、あたしの研究《けんきゅう》ライフに、1つ問題《もんだい》があるとすれば、このケイの存在《そんざい》。

あたしより2つも年下《としした》の中学《ちゅうがく》2年《ねん》。

で、特例《とくれい》で研究室《けんきゅうしつ》にやってきた男《おとこ》の子《こ》。

たった3か月前《げつまえ》に来《き》たばかりなのに、今《いま》ではなくてはならない研究室《けんきゅうしつ》の一員《いちいん》になってる。

そして——生《う》まれてはじめて、負《ま》けらんないって、あたしに思《おも》わせた人間《にんげん》だ。

よしっ！

あたしは自分《じぶん》の席《せき》にもどり、このあいだセーブしておいた計算作業《けいさんさぎょう》のつづきを再開《さいかい》する。

「桜子《さくらこ》、ここのデータの数字《すうじ》なんだけど」

その間《あいだ》にも、まわりの大学生《だいがくせい》から確認《かくにん》や質問《しつもん》がくる。

「これは、こっちの歪曲線《わいきょくせん》から、割《わ》りだした数字《すうじ》です。ファイル129に該当《がいとう》の数式《すうしき》があると思《おも》います」

「ああ、助《たす》かったよ、さすが天才少女《てんさいしょうじょ》だ」

「もう、やめてくださいよぉ！」

あはは、とくったくなく笑《わら》って、大学生《だいがくせい》は自分《じぶん》のデスクにもどる。

北澤教授《きたざわきょうじゅ》の人柄《ひとがら》のおかげだと思《おも》うんだけど、ここの研究室《けんきゅうしつ》の大学生《だいがくせい》は、気《き》さくないい人《ひと》ばかりだ。

大学《だいがく》って、学部生《がくぶせい》でも18歳《さい》から22歳《さい》までいるし、留年《りゅうねん》や留学《りゅうがく》したりして、もっと年上《としうえ》の人《ひと》たちも多《おお》い。さらに大学院生《だいがくいんせい》や研究員《けんきゅういん》になると、いくつかわからないような仙人《せんにん》みたいな人《ひと》もいる。

そのせいなのか、ここでは年齢《ねんれい》であたしを判断《はんだん》する人《ひと》はほとんどいない。

あたしのセーラー服《ふく》をからかう人《ひと》はいるけどね。

それも本気《ほんき》じゃない。

年齢《ねんれい》じゃなく、あたしの頭《あたま》の中《なか》で、判断《はんだん》してくれる。

あるていど以上《いじょう》は近《ちか》づかないけど、あたしを遠《とお》ざけはしない。

それはあたしにとって、はじめて手《て》に入《い》れた、心地《ここち》のいい人間関係《にんげんかんけい》だったんだ。

それって、かんたんそうで、なかなかできないことなんだよね。

なんで年下《としした》のおまえといっしょに研究《けんきゅう》なんか、と思《おも》っちゃいそうだし。

でも、北澤教授《きたざわきょうじゅ》や大学生《だいがくせい》たちに、そんなそぶりを一度《いちど》も見《み》たことがない。

そんなわけで、この研究室《けんきゅうしつ》はあたしにとって、すごく居心地《いごこち》のいいところなんだよね。

……このケイの存在《そんざい》、以外《いがい》は。

2 〝特別《とくべつ》〟な2人《ふたり》

「ふぅ……つかれたっ！」

あたしは、自分《じぶん》の部屋《へや》のベッドにゴロンと横《よこ》になる。

時間《じかん》は、夜《よる》の9時《じ》をまわったところ。

研究室《けんきゅうしつ》にいるのは、だいたい8時《じ》ぐらいまでと決《き》めている。

経験上《けいけんじょう》、脳《のう》ってきちんと休《やす》まないと、働《はたら》かないんだよね。

研究《けんきゅう》はすごく楽《たの》しいけど、さすがにつかれないわけじゃない。

頭《あたま》をフル回転《かいてん》させつづけると、体《からだ》を動《うご》かさなくても、つかれるんだってことを、身《み》をもって実《じっ》感《かん》してる。

でも、気持《きも》ちのいい、つかれかたなんだよね。

「そういえば、今日《きょう》もケイのやつ、おもしろい計算《けいさん》データを出《だ》してたな」

あたしは、研究室《けんきゅうしつ》でのことを思《おも》いだす。

「あたしも、同《おな》じことを思《おも》いついてたのにな……」

でも、確率《かくりつ》は低《ひく》い、と早々《そうそう》に見切《みき》ってしまったのがいけなかった。

ケイに、水《みず》をあけられた気《き》がする。

最近《さいきん》、こんなのばっかりだ。

知識《ちしき》の広《ひろ》さでは、ケイにだって負《ま》けてない自信《じしん》がある。

だけど、ケイは先《さき》を見通《みとお》すかのような、直感《ちょっかん》みたいなものがとくにするどい。

たとえば、同《おな》じ問題点《もんだいてん》につきあたったとき、どちらに進《すす》むべきか、ケイはほとんどまちがえない。

まるで、あたしに見《み》えないなにかが、ケイには見《み》えてるみたいなんだよね。

「あいつがきてから、3か月《げつ》かぁ」

あたしは、ケイが研究室《けんきゅうしつ》にきたときのことを、思《おも》いだす。

「今日《きょう》から、新《あたら》しい研究《けんきゅう》メンバーが増《ふ》えることになった。紅月圭《こうづきけい》くんだ。専門《せんもん》は数学《すうがく》のほうだが、素粒子物理学《そりゅうしぶつりがく》についても、興味深《きょうみぶか》い論文《ろんぶん》を書《か》いていてね。きてもらったんだ」

北澤教授《きたざわきょうじゅ》から、そう紹介《しょうかい》があったとき、研究室《けんきゅうしつ》のみんなが、ぽか～んとした顔《かお》をした。

だって、北澤教授《きたざわきょうじゅ》のとなりに立《た》っていたのは、どう見《み》ても〝こども〟だったから。

あたしと2つしかちがわない、と聞《き》いても、やっぱり気持《きも》ちは変《か》わらなかった。

小柄《こがら》だし、白衣《はくい》もなんだかだぶついてる。

大学生《だいがくせい》にまじると、とくにきゃしゃで、小《ちい》さい。

だから、最初《さいしょ》はケイが研究内容《けんきゅうないよう》を理解《りかい》できるのか、って疑問《ぎもん》に思《おも》った。

でも、同時《どうじ》に〝特例《とくれい》〟として研究室《けんきゅうしつ》に入《はい》った先輩《せんぱい》として、いろいろと気《き》にかけてやらなきゃ、とも思《おも》ったんだよね。

「ケイ、あたしは宇佐美桜子《うさみさくらこ》。よろしくね」

そう言《い》って、手《て》をさしだしたあたしに、ケイは一瞬《いっしゅん》、目《め》を見開《みひら》いたような気《き》がした。

「……よろしくお願《ねが》いします」

だけど、ケイはあたしと握手《あくしゅ》すると、すぐに無表情《むひょうじょう》のまま、席《せき》にすわった。

「あ、いきなり名前《なまえ》で呼《よ》んじゃったけど、いいよね？　あたしも桜子《さくらこ》でいいから」

「かまいません、桜子《さくらこ》さん」

変《か》わらずの無愛想《ぶあいそう》な顔《かお》のままだったけど、少《すこ》しは打《う》ち解《と》けてると思《おも》って、いいんだろうか。

この子《こ》とババ抜《ぬ》きでもやったら、完敗《かんぱい》しそうだよね。

この完《かん》ぺきなポーカーフェイスっぷりは。

「あいさつはすんだ？　じゃあ、ケイにはぼくから、研究内容《けんきゅうないよう》について説明《せつめい》するから。桜子《さくらこ》は作《さ》業《ぎょう》にもどっていいよ」

大学生《だいがくせい》の先輩《せんぱい》に言《い》われて、あたしは自分《じぶん》の作業《さぎょう》にもどる。

それからしばらくして……。

「ああ！　たしかに。よく気《き》づいたなぁ、ケイ」

大学生《だいがくせい》の大《おお》きな声《こえ》で、あたしは顔《かお》をあげる。

「どうかしたんですか？」

「ケイにデータのミスしてる部分《ぶぶん》を、指摘《してき》してもらったんだよ」

「ミスって……もう研究内容《けんきゅうないよう》を理解《りかい》してるんですか？」

あたしは、黙々《もくもく》とパソコンにむかうケイを見《み》て、目《め》を見《み》はる。

「かなりの部分《ぶぶん》ね。もしかすると、桜子《さくらこ》以上《いじょう》かもしれないよ」

そう言《い》われて、ムッとするより、興味《きょうみ》のほうが大《おお》きかった。

自分《じぶん》と同類《どうるい》にあつかわれる子《こ》なんて、なかなか会《あ》えることはなかったから。

それとわずか数時間《すうじかん》で、研究室《けんきゅうしつ》メンバー全員《ぜんいん》がわかったことがあった。

ケイは無愛想《ぶあいそう》で、おそろしく無口《むくち》だっていうこと。

必要《ひつよう》なことはしゃべるけど、それ以上《いじょう》のことはしゃべらない。

おかげで夕食休憩《ゆうしょくきゅうけい》の時間《じかん》になると、北澤教授《きたざわきょうじゅ》がアイコンタクトで言《い》ってきた。

「ケイをさそってあげてね」って。

押《お》しつけたわけじゃなくて、北澤教授《きたざわきょうじゅ》なりのやさしさなんだろうけど。

あたしとケイは、年齢《ねんれい》も立場《たちば》も近《ちか》いからね。

「ケイ、夕食《ゆうしょく》に行《い》くよ」

あたしは、キーボードをものすごい速《はや》さでうちこんでいる、ケイにむかって言《い》う。

「…………」

数十秒《すうじゅうびょう》の間《ま》のあと、ケイは顔《かお》をあげる。

その間《あいだ》、とくに急《せ》かしたりはしなかった。

集中《しゅうちゅう》してるときは、無理矢理邪魔《むりやりじゃま》されるのが一番腹《いちばんはら》が立《た》つのは、あたしも同《おな》じだし。

「……いえ、いいです。家《いえ》で夕食《ゆうしょく》を用意《ようい》してるはずなので」

ケイは無表情《むひょうじょう》のまま答《こた》える。

人《ひと》を待《ま》たせておいて、さそいを断《ことわ》るって……。

マイペースというか、群《む》れないタイプなんだな、きっと。
あたしも、同《おな》じようなものだし、気持《きも》ちはわかる。
いつも夕食《ゆうしょく》は1人《ひとり》で食《た》べてることが多《おお》いし、こっちはかまわないけど。
あたしは、ケイをおいて食堂《しょくどう》にむかう。
1人《ひとり》でサバ味噌定食《みそていしょく》を食《た》べつつ、つかれた頭《あたま》をほぐすように、ぼんやりとする。
学食《がくしょく》は大学《だいがく》からパスをもらっていて、あたしは食《た》べ放題《ほうだい》。
といっても、夕食《ゆうしょく》ぐらいしか食《た》べにこないんだけど。
まわりの大学生《だいがくせい》は、ものめずらしそうに、あたしを見《み》てる。
そんな視線《しせん》も、あたしはとっくになれてるんだけどね。
食事《しょくじ》を終《お》えて、研究室《けんきゅうしつ》にもどると作業再開《さぎょうさいかい》。
そうして、あたしの研究室《けんきゅうしつ》での一日《いちにち》は、終《お》わっていく。

あたしは、ベッドからおきあがる。
窓《まど》の外《そと》に、ぽつぽつと家《いえ》やマンションの明《あ》かりが見《み》える。
ケイがいままで、どこで勉強《べんきょう》してたのか、とか謎《なぞ》が多《おお》いけど。

この3か月《げつ》で、ケイの能力《のうりょく》の高《たか》さは十分《じゅうぶん》知《し》ったし、素直《すなお》にすごいとも感《かん》じてる。

だけど、感心《かんしん》してるだけのあたしでもないし、負《ま》けるつもりもない！

それに、ケイに共感《きょうかん》するところもあるんだよね。

あれだけの才能《さいのう》に恵《めぐ》まれていたら、苦労《くろう》も多《おお》いはず。

たとえば、学校生活《がっこうせいかつ》になじめない、とか。

………あたしみたいに。

テーブルにおいたスマホを手《て》にとり、なにげなくアドレス帳《ちょう》を開《ひら》く。

そこには、家《いえ》と両親《りょうしん》、高校《こうこう》の教師《きょうし》、研究室《けんきゅうしつ》の仲間《なかま》数人《すうにん》と北澤教授《きたざわきょうじゅ》のアドレスが入《はい》っている。

だけど、高校《こうこう》の友達《ともだち》のものは1つもない。

あたしは、スマホをテーブルにもどす。

「明日《あした》も研究《けんきゅう》、がんばらなきゃね」

わざと声《こえ》に出《だ》して言《い》って、あたしはいきおいをつけて立《た》ちあがった。

3 意外《いがい》な素顔《すがお》

高校《こうこう》の教室《きょうしつ》。
あたしは、数学《すうがく》の授業《じゅぎょう》を受《う》けていた。
黒板《こくばん》の前《まえ》では、男《おとこ》の先生《せんせい》が問題《もんだい》の数式《すうしき》を書《か》いている。
あたしはノートは開《ひら》いているものの、なにも書《か》いていなかった。
書《か》く必要《ひつよう》がない、というのが正確《せいかく》かも。
だって、黒板《こくばん》に書《か》いてあることは、全部《ぜんぶ》頭《あたま》の中《なか》に入《はい》ってる。
高校《こうこう》の勉強《べんきょう》をしたのは、いったい何年前《なんねんまえ》だったっけ？
小学校《しょうがっこう》の3年生《ねんせい》ぐらいだったかな。
そんなことを考《かんが》えて、ぼんやりと窓《まど》の外《そと》を見《み》てると、不意《ふい》に先生《せんせい》の声《こえ》がした。
「宇佐美《うさみ》、この問題《もんだい》を前《まえ》に出《で》て、解《と》いてくれるか」
黒板《こくばん》を見《み》ると、5問《もん》ある問題《もんだい》のうち、1つだけ残《のこ》っている。

どうやら、答《こた》えられる生徒《せいと》がいなかったらしい。

――それもそのはずだ。


「はい」

あたしは立《た》ちあがって、黒板《こくばん》の前《まえ》に行《い》く。

チョークを手《て》にとり、すぐに解答《かいとう》の式《しき》を書《か》きこんでいく。

最後《さいご》の解《かい》を書《か》きこみ、あたしは問題《もんだい》の式《しき》のあるほうに、腕《うで》をのばす。

「宇佐美《うさみ》？」

先生《せんせい》がけげんな顔《かお》をする。

あたしはかまわずに、数式《すうしき》の中《なか》の「7」の横《よこ》に「x」を付《つ》け足《た》す。

先生《せんせい》の顔色《かおいろ》が変《か》わる。


そう。

問題《もんだい》の数式《すうしき》がまちがっているのだ。

これでは、いくら考《かんが》えても解《と》きようがない。

先生《せんせい》は、顔《かお》を真《ま》っ赤《か》にしながら、だけど怒《おこ》る気配《けはい》はなかった。

それどころか、

「い、いやあ、やっぱりすごいな。うっかりしてたよ」

先生《せんせい》はごまかすように、笑《わら》ってる。

これ以上《いじょう》、あたしにかかわって、アラを探《さが》されるのを嫌《きら》うように。

席《せき》にもどりながら、教室《きょうしつ》をそれとなく、見《み》まわす。

クラスメイトたちは、あたしと目《め》が合《あ》いそうになると、あわててそむける。

――いつものことだ。

あたしは、冷《さ》めた気持《きも》ちで席《せき》にすわる。

授業《じゅぎょう》が終《お》わり、休《やす》み時間《じかん》になっても、あたしの席《せき》には、だれも近《ちか》づいてこない。

「……ねえ。宇佐美《うさみ》さん、めずらしく午後《ごご》の授業《じゅぎょう》も受《う》けてるよね」

「午後《ごご》にいるの見《み》たの、ひさしぶりかも」

「だれか、声《こえ》かけてきたら？」

「ムリムリ！　あんな頭《あたま》のいい人《ひと》と、なに話《はな》していいかわかんないし」

クラスの女子《じょし》が、ひそひそ声《ごえ》で話《はな》してるのが聞《き》こえる。

ひかえめに話《はな》してても、あたしのまわりは静《しず》かだから、聞《き》こえちゃうんだけど。

はあぁ……。

あたしは、まわりにはわからないように、ため息《いき》をつく。

嫌《いや》がらせを受《う》けたりはしないだけ、マシなのかもしれないけど、あたしだって、ひとりぼっちでいるのは、けっこうつらい。

小学生《しょうがくせい》のころは、まだ少《すこ》しは友達《ともだち》といえるクラスメイトがいた気《き》がする。

だけど、中学《ちゅうがく》に入《はい》るころには、まわりからだれもいなくなっていた。

あたしが、ときどき学校《がっこう》を、勉強《べんきょう》のために休《やす》むせいも、あったかもしれない。

勉強《べんきょう》するための学校《がっこう》を、勉強《べんきょう》のために休《やす》むっていうのも、変《へん》な話《はなし》と思《おも》うかもしれない。

だけど、大学《だいがく》の講義《こうぎ》や教授《きょうじゅ》からの直接講義《ちょくせつこうぎ》を受《う》けたりするためには、どうしても学校《がっこう》を休《やす》まないといけなかった。

そのうち、クラスの女子《じょし》が話《はな》してることに、追《お》いつけなくなった。

ファッションの話《はなし》とか、昨日《きのう》見《み》たテレビ番組《ばんぐみ》の話《はなし》とか。

もともとファッションにも、テレビにも、あたしはあまり興味《きょうみ》がなかった。

そうしたら、いつの間《ま》にか、「あの桜子《さくらこ》は自分《じぶん》たちとはちがう」って、距離《きょり》をおかれるようになってた、というわけ。

こういうのも、自業自得《じごうじとく》っていうのだろうか。

どうして女《おんな》の子《こ》って、〝いっしょ〟でないとダメなんだろう。

みんなで同《おな》じものを見《み》てカワイーって笑《わら》いあえないと〝友《とも》だち〟として認《みと》められないんだろう。

バカみたい。

だれかと〝友達《ともだち》づきあい〟するために、興味《きょうみ》のないテレビ番組《ばんぐみ》やファッションなんかを〝お勉《べん》強《きょう》〟する時間《じかん》があったら、研究《けんきゅう》したい。

そんな時間《じかん》がもったいない。

ただ、勉強《べんきょう》をしてきたことを後悔《こうかい》することはないけど、そのために、ただふつうにクラスメイトと話《はなし》をすることも、できなくなるとは、さすがに思《おも》ってなかったな。

――でも……いまはもう、関係《かんけい》ない。

研究室《けんきゅうしつ》に行《い》けば、〝友達《ともだち》〟とは言《い》えなくても、仲間《なかま》はいるし。

なにより、あたしは必要《ひつよう》とされてる。

あたしの能力《のうりょく》を認《みと》めてくれてる。

あたしの……居場所《いばしょ》がある。

それに……たぶんあたしと、同《おな》じような道《みち》をたどってきただろう、ケイもいる。

とくに変《か》わりもなく、放課後《ほうかご》まで授業《じゅぎょう》を受《う》けて、あたしは学校《がっこう》を出《で》た。

今日《きょう》は、研究室《けんきゅうしつ》に顔《かお》を出《だ》さなくていい日《ひ》なんだけど、そうなると、とたんにこまる。

やることがないというわけじゃないよ。

読《よ》みたい本《ほん》があるし、勉強《べんきょう》したいこともあるし。

時間《じかん》は足《た》りないくらい。

だけど……研究室《けんきゅうしつ》での充実感《じゅうじつかん》にくらべると……やっぱり退屈《たいくつ》なんだよね。

そんなことを考《かんが》えながら、駅《えき》にむかう途中《とちゅう》、車道《しゃどう》をはさんだ反対側《はんたいがわ》の歩道《ほどう》に、中学生《ちゅうがくせい》が4、5人《にん》で歩《ある》いているのが見《み》えた。

あの制服《せいふく》は、たしかケイが通《かよ》っていた中学《ちゅうがく》だったような……。

そう思《おも》って、あらためて見《み》てみる。

「……あっ」

おもわず声《こえ》に出《だ》してしまってから、あたしはまわりを見《み》て、口《くち》をつぐむ。

数人《すうにん》の人《ひと》が、あたしのほうをふり返《かえ》っていった。

あたしは、なんでもないことを表情《ひょうじょう》で示《しめ》してから、もう一度《いちど》、中学生《ちゅうがくせい》たちへ視線《しせん》をむける。

やっぱりそうだ。

楽《たの》しげに歩《ある》く中学生《ちゅうがくせい》の一団《いちだん》の中《なか》に、ケイがいた。

あいかわらずの仏頂面《ぶっちょうづら》だけど。

背《せ》の高《たか》い、ポニーテールの女《おんな》の子《こ》が、楽《たの》しげにケイの腕《うで》を引《ひ》っぱっている。

ひきずられるようにだけど、まんざらじゃない感《かん》じで、ケイはいっしょに歩《ある》いていた。

——友達《ともだち》、いたんだ。

ケイに友達《ともだち》がいたって、おかしくないはずなのに、あたしは思《おも》った以上《いじょう》に、ショックを受《う》けているらしかった。

ケイはあたしといっしょだと、勝手《かって》に思《おも》っていた。

きっと、孤独《こどく》な学校生活《がっこうせいかつ》をすごしているんだと。

でも、そんなことなかった。

ケイは学校生活《がっこうせいかつ》も、楽《たの》しく送《おく》っている。
中学生《ちゅうがくせい》で、あたしに匹敵《ひってき》するほどの頭脳《ずのう》を持《も》ちながら。
なんで？
どうして、そんなことが可能《かのう》なの？
あたしは、ケイたちの姿《すがた》が見《み》えなくなるまで、その場《ば》で立《た》ち尽《つ》くしていた。

4 ケイの大発見《だいはっけん》

研究室《けんきゅうしつ》に、めずらしくピリッと、緊張《きんちょう》した空気《くうき》が流《なが》れていた。

つい1時間《じかん》ほど前《まえ》に、北澤教授《きたざわきょうじゅ》からきた連絡《れんらく》のせいだ。

「重大《じゅうだい》な報告《ほうこく》があるので、メンバーは、集合《しゅうごう》するように」

それで今《いま》は、研究室《けんきゅうしつ》メンバーのほぼ全員《ぜんいん》が、研究室《けんきゅうしつ》にそろっている。

いないのは、北澤教授《きたざわきょうじゅ》と学会《がっかい》に出《で》かけている、大学生《だいがくせい》2人《ふたり》。

それにケイ。

「重大《じゅうだい》な報告《ほうこく》ってなんだ？　まさか研究中止《けんきゅうちゅうし》とか？」

「そんなはずないだろ。研究自体《けんきゅうじたい》はうまく進《すす》んでいるし」

「でも、結果《けっか》が見《み》えにくい研究《けんきゅう》だからな」

大学生《だいがくせい》たちは、不安《ふあん》そうな顔《かお》で話《はな》し合《あ》ってる。

でも、あたしは研究自体《けんきゅうじたい》がどうにかなる心配《しんぱい》はしてなかった。

あたしたちの研究室《けんきゅうしつ》は、「ダークマター」の研究《けんきゅう》をしている。

「ダークマター」っていうのは、「暗黒物質《あんこくぶっしつ》」とも呼《よ》ばれている、未知《みち》の物質《ぶっしつ》のこと。

その「ダークマター」は、宇宙《うちゅう》の4分《ぶん》の1を占《し》めているとも考《かん》えられているけれど、その存在《そんざい》がいったいなにか、まだ証明《しょうめい》できていない。

あたしたちの研究室《けんきゅうしつ》は、それを素粒子物理学《そりゅうしぶつりがく》の観点《かんてん》から、正体《しょうたい》についての仮説《かせつ》をたてているのだ。

たしかに、あたしたちの生活《せいかつ》には直接結《ちょくせつむす》びつく研究《けんきゅう》ではないけれど、だからといって、いきなり研究《けんきゅう》が中止《ちゅうし》されることはないはず。

それに北澤教授《きたざわきょうじゅ》は、のんびりしているように見《み》えるけど、けっこうしたたかだったりするんだよね。

あたしとケイが、この研究室《けんきゅうしつ》にいるのが、その証拠《しょうこ》。

有能《ゆうのう》な人材《じんざい》なら、年齢《ねんれい》に関係《かんけい》なく、研究室《けんきゅうしつ》に招《まね》いても、研究《けんきゅう》を成功《せいこう》させようという意志《いし》がある。

だから、重大《じゅうだい》な報告《ほうこく》っていうのは、べつのことだと思《おも》う。

ここのところ、北澤教授《きたざわきょうじゅ》がなにかケイと熱心《ねっしん》にやりとりしていたのを、あたしは知《し》ってる。

それと関係《かんけい》することだろうか……。

なんだか、胸騒《むなさわ》ぎがした。

「みんな、待《ま》たせたね」

北澤教授《きたざわきょうじゅ》が、ドアから入《はい》ってくる。

そのうしろにはケイもいる。

いっしょに来《き》たらしい。

ケイが一瞬《いっしゅん》、こっちを見《み》た気《き》がした。

いつも通《どお》りの無表情《むひょうじょう》で、なにを考《かんが》えてるのかは、わからない。

「北澤教授《きたざわきょうじゅ》、今日《きょう》はどうされたんですか？」

研究室《けんきゅうしつ》の中《なか》でも、年長《ねんちょう》の大学生《だいがくせい》が、みんなを代表《だいひょう》して質問《しつもん》する。

「そう不安《ふあん》そうな顔《かお》をするな。悪《わる》い話《はなし》ではないよ。いい話《はなし》だ」

北澤教授《きたざわきょうじゅ》は、なだめるように答《こた》える。

その言葉《ことば》に、まわりからほっとしたような、空気《くうき》が伝《つた》わってくる。

だけど、あたしだけはそう思《おも》えなかった。

一番悪《いちばんわる》い予感《よかん》が当《あ》たる気配《けはい》が、ビンビンする。

「じつは、ここ最近《さいきん》、紅月君《こうづきくん》から提示《ていじ》されたアイディアについて、検討《けんとう》を行《おこな》っていたんだ。それで、ほんのついさきほどだが、結論《けつろん》が出《で》た。紅月君《こうづきくん》のアイディアは、今回《こんかい》の研究《けんきゅう》に一定《いってい》の見込《みこ》みをつけることになりそうだ。大幅《おおはば》な短縮《たんしゅく》が見込《みこ》めるだろう」

北澤教授《きたざわきょうじゅ》の言葉《ことば》に、研究室内《けんきゅうしつない》がドッとざわめく。

教授《きょうじゅ》のとなりに立《た》つケイは、あいかわらずの無表情《むひょうじょう》のまま。

こんなときでも、喜《よろこ》ぶ顔《かお》は見《み》せないらしい。

でも、それを気《き》にする人《ひと》もいない。

「ほんとですか!?」

「そりゃすごいな!」

「やったな、チビすけ!」

研究室内《けんきゅうしつない》の反応《はんのう》は、人《ひと》それぞれ。

でも、みんな喜《よろこ》んでるのがわかる。

あたしも、喜《よろこ》ばなくちゃいけないはずなのに……。

——なんでケイが。

なにより先《さき》に、そう思《おも》ってしまう。

ケイが最大限《さいだいげん》の結果《けっか》を出《だ》したことを、喜《よろこ》べない。

くちびるをギュッとかみしめて、表情《ひょうじょう》がくずれないようにするのが、せいいっぱいだった。

「これからは、紅月君《こうづきくん》のアイディアを、さらに深《ふか》く研究《けんきゅう》する方向《ほうこう》で進《すす》めたいと思《おも》う」

北澤教授《きたざわきょうじゅ》は、研究室内《けんきゅうしつない》を見《み》まわして、ほがらかに言《い》った。

「はい、わかりました！」

研究室内《けんきゅうしつない》のあちこちから、返事《へんじ》がある。

あたしも、かろうじてうなずく。

みんなは、くやしくないのだろうか。

結果《けっか》を残《のこ》したのが、研究室《けんきゅうしつ》にきて、たった3か月《げつ》の中学生《ちゅうがくせい》だってことが。

あたしだってケイのことは言《い》えないけれど、1年《ねん》はこの研究室《けんきゅうしつ》にいる。

それでも、結果《けっか》は出《だ》せなかった。

それなのにケイは……。

胸《むね》の中《なか》に、暗《くら》い気持《きも》ちが広《ひろ》がるのを感《かん》じた。

今《いま》まで、学校《がっこう》で孤独《こどく》だったとしても、こんな気持《きも》ちになったことはない。

でも、研究《けんきゅう》で自分《じぶん》より年下《としした》に先《さき》をいかれるなんて……。

あたしは、今《いま》まで人《ひと》より勉強《べんきょう》ができると思《おも》ってた。才能《さいのう》があるんだと思《おも》ってた。

みんなとはちがうんだって。

……でも、そうじゃなかったのかもしれない。

ケイにくらべたら、あたしだって、たいしたことない、ただの高校生《こうこうせい》。

そっか……。

そうだったんだ。

高校《こうこう》のクラスメイトのみんなが、あたしに対《たい》して抱《いだ》いていた感情《かんじょう》は、これなんだ。

そもそも、くらべるのがまちがってるっていう、あきらめ。

自分《じぶん》とはちがう。

そう思《おも》ってしまえば、苦《くる》しまなくていい。

そんな単純《たんじゅん》なことに、今《いま》まで気《き》がつかなかったなんて、本当《ほんとう》にあたしって、バカだなぁ。

ケイに先《さき》をこされたって、しかたがないよね。

盛《も》りあがる研究室《けんきゅうしつ》メンバーの輪《わ》を見《み》たくなくて、あたしはそっと目《め》を閉《と》じた。

5 桜子《さくらこ》のたくらみ

深夜《しんや》の大学《だいがく》。

月明《つきあ》かりがあるせいで、少《すこ》しは明《あか》るいが、それでもほとんどの明《あ》かりが消《き》えているせいで、かなり暗《くら》い。

あたしは、目立《めだ》たないように黒《くろ》っぽい服《ふく》を着《き》て、人目《ひとめ》をさけて歩《ある》いていた。

目指《めざ》すのは、いつも通《かよ》う研究室《けんきゅうしつ》。

この時間《じかん》なら、今日《きょう》はだれもいないはずだ。

研究室《けんきゅうしつ》のある建物《たてもの》の近《ちか》くまでくると、あたしは正面入《しょうめんい》り口《ぐち》には行《い》かず、左側《ひだりがわ》にむかう。

今日帰《きょうかえ》る前《まえ》に、トイレの窓《まど》の鍵《かぎ》を1つ、こっそり開《あ》けておいたんだよね。

窓《まど》の下《した》までくると、あたしはそっと窓《まど》に手《て》をかけてみる。

——よし、開《あ》いた。

窓《まど》を開《あ》けて、手《て》をかけると、足《あし》を壁《かべ》にひっかけながら、よじのぼる。

べつに運動神経《うんどうしんけい》は悪《わる》い方《ほう》じゃないけど、やったことのない動《うご》きに、あちこちの関節《かんせつ》がメキメキいう。

「……このぉ……！」

窓枠《まどわく》になんとか、体《からだ》を乗《の》せる。

そのまま、引《ひ》っくり返《かえ》らないように、トイレの中《なか》に降《お》り立《た》つ。

「ふぅ……けっこう時間《じかん》くっちゃったな」

あたしは、トイレのドアに近《ちか》づき、耳《みみ》をすます。

足音《あしおと》は聞《き》こえない。

ドアを開《あ》けて、すばやくろう下《か》を見《み》まわす。

大丈夫《だいじょうぶ》、人影《ひとかげ》はない。

足音《あしおと》をたてないように気《き》をつけながら、ろう下《か》を進《すす》む。

もう人《ひと》は、残《のこ》っていないらしい。

ほっとして、あたしは目的地《もくてきち》まで急《いそ》ぐ。

『北澤研究室《きたざわけんきゅうしつ》』

プレートのかかったドア。

とうぜんながら、鍵《かぎ》がかかってる。
あたしはポケットから、研究室《けんきゅうしつ》のドアのキーを取《と》りだす。
研究室《けんきゅうしつ》のキーは、北澤教授《きたざわきょうじゅ》から、数人《すうにん》にわたされている。
そのうちの1人《ひとり》が、あたしだ。
カチャン
鍵《かぎ》が開《あ》く音《おと》がして、あたしはドアを押《お》し開《あ》ける。
研究室《けんきゅうしつ》の中《なか》は暗《くら》い。
そっと、奥《おく》のパソコンに近《ちか》づいていく。
——と。
「……データを消《け》すつもりですか？」
不意《ふい》に声《こえ》がして、あたしはおどろいて顔《かお》をあげる。
「なんで……！」
あたしは、ぼうぜんとつぶやく。

いつの間《ま》にか、窓際《まどぎわ》に小《ちい》さな人影《ひとかげ》があった。

月明《つきあ》かりに照《て》らされる顔《かお》は……まちがいない。

「ケイ……」

今日《きょう》は、だれも残《のこ》っていないはずだ。

いや。

そもそも真《ま》っ暗《くら》な中《なか》、研究室《けんきゅうしつ》に1人《ひとり》で残《のこ》ってるなんておかしい。

ということは……。

「どうして……？」

疑問《ぎもん》を口《くち》に出《だ》さずにはいられない。

あたしを待《ま》っていた、としか思《おも》えない。

だって、さっきケイは言《い》った。

「データを消《け》すつもりですか？」と。

それは、まさにあたしの目的《もくてき》だった。

今《いま》、データを消《け》せば、ケイの出《だ》した結果《けっか》がなくなるかもしれない。バックアップはとってるだろうけど、膨大《ぼうだい》なデータのすべてが、とれているとは限《かぎ》らない。

そんな不確《ふたし》かなことだったけれど、こうせずにはいられなかった。

だって、このままいけば、ケイは今回《こんかい》の結果《けっか》が認《みと》められ、世界的《せかいてき》な科学者《かがくしゃ》としての道《みち》が開《ひら》けるし、海外《かいがい》の有名《ゆうめい》な大学院《だいがくいん》に行《い》くことも、可能《かのう》になる。

それは、あたしがほしかったものだ。

「どうして？　勉強《べんきょう》することしか存在理由《そんざいりゆう》のない、あたしが。

という質問《しつもん》には、答《こた》えるのは難《むずか》しいです。そんな気《き》がしたから、としか答《こた》えようがありません」

ケイにしてはめずらしい、はっきりしない答《こた》えだった。

いつも理路整然《りろせいぜん》とした言葉《ことば》を聞《き》いているから、よけいにそう思《おも》う。

でも、その直感《ちょっかん》こそ、あたしとケイのちがいなのかもしれない。

「……なんでもお見通《みとお》しなのね。やっぱり、天才少年《てんさいしょうねん》だわ」

あたしは、肩《かた》をすくめる。

「気《き》づいていませんか？」

不意《ふい》に、ケイがきいてくる。

「……なにを？」

あたしは、けげんに感《かん》じながら、きき返《かえ》す。

「データを消《け》しにきたのは、負《ま》けたくないっていう、ぼくに対《たい》するライバル心《しん》が桜子《さくらこ》さんにあるからです」

「それは……」

そうなんだろうか。

あたしは、あきらめたつもりでいた。

ケイのライバルになんて、なれないんだと思《おも》って……。

でも、たしかにそれならあたしは、なににこだわっているんだろう。

「ぼくも桜子《さくらこ》さんのことを、ライバルだと思《おも》っています。だから、ここにもきました」

ケイが、あたしをライバル?

でも、あたしにそんな能力《のうりょく》は……。

とまどうあたしに、ケイはかまわずにつづける。

こんなにしゃべるケイは、本当《ほんとう》にめずらしい。

「それに、ぼくも桜子《さくらこ》さんに共感《きょうかん》するところがあったんです。だから、今日《きょう》もなにをしようとしているか、気《き》づくことができた」

「なんで、ケイがあたしに共感《きょうかん》なんて！」

「ぼくと、とても似《に》ている、と思《おも》ったからです。同《おな》じことを、桜子《さくらこ》さんも感《かん》じていたと思《おも》いましたが？」

……そう、ずっと、そう思《おも》ってた。

けど今《いま》は……。

「ちがう！　たしかにあたしとケイは、似《に》てるところもあるかもしれない！　でもあなたのほうが、断然頭《だんぜんあたま》が切《き》れるじゃない！」

「それはちがいます。ぼくは閃《ひらめ》きを重視《じゅうし》するタイプですが、桜子《さくらこ》さんは、論理《ろんり》を積《つ》みあげていくタイプです。結果《けっか》に対《たい》するプロセスがまったくちがうだけです。そして、研究《けんきゅう》には桜子《さくらこ》さんや、ぼくのようなタイプが両方関《りょうほうかか》わっていることが、とても重要《じゅうよう》なんです。北澤教授《きたざわきょうじゅ》も、それを理解《りかい》している。だからぼくたちを招《まね》いたんです」

で、でも……！

「でも、やっぱり決定的《けっていてき》にちがうことがあるよ。だって……ケイには友達《ともだち》がいるじゃない！　あたしには、いないもの！」

あたしの言葉《ことば》に、ケイは少《すこ》しおどろいた顔《かお》をする。

「この間《あいだ》、見《み》たの。同級生《どうきゅうせい》と楽《たの》しそうに歩《ある》く、ケイの姿《すがた》を。なんで、あなたはふつうに友人《ゆうじん》がいて、ふつうの学校生活《がっこうせいかつ》がおくれるの？」

あたしは、あんなふうにはなれない。

たとえ、近《ちか》づこうとしても、さけられる。

だから、近《ちか》づく努力《どりょく》をするより、勉強《べんきょう》に時間《じかん》をさいてしまう。

「ケイはあたしのほしいものを、みんな持《も》ってる。……ずるいよ、そんなの」

涙《なみだ》がほおを伝《つた》うのを感《かん》じる。

だけど、ぬぐう気《き》もおきなかった。

ケイは、しばらくだまったまま、あたしの顔《かお》を見《み》つめていた。

長《なが》く感《かん》じたけれど、1分《ぷん》も経《た》ってなかったかもしれない。

ケイが話《はな》しだす。

「……ぼくも、人《ひと》づきあいは得意《とくい》ではありません。自分《じぶん》から人《ひと》に近《ちか》づくなんて、できないタイプです。……ただ、そばにとびっきり、おせっかいなヤツがいる、というだけです」

おせっかいなヤツ？

そう言《い》われて、ふと思《おも》いうかぶものがあった。

ケイを街《まち》で見《み》かけたとき、ケイの腕《うで》をひっぱっていた背《せ》の高《たか》い女《おんな》の子《こ》。

あの子《こ》のことだろうか。

たぶん、そうなんだろう。

「そっか……いいね。あなたがうらやましい」

あたしは、心《こころ》の底《そこ》からそう思《おも》って、言《い》った。

あたしのそばにも、そんな人《ひと》がいたらよかったのに。

「……それと、1つかんちがいしていませんか？」

かんちがい？

意味《いみ》がわからなくて、首《くび》をかしげる。

「ぼくがこの研究室《けんきゅうしつ》に来《き》たのは、恩《おん》のある北澤教授《きたざわきょうじゅ》の研究《けんきゅう》を手伝《てつだ》うためであって、名声《めいせい》に興味《きょうみ》はありません。ですから、今回《こんかい》のことで、ぼくの名前《なまえ》を外《そと》に出《だ》さないでほしいと伝《つた》えてあります」

ケイは、きっぱりとつげる。

「えっ！　だって……今回《こんかい》の成果《せいか》があれば、いろいろなところで学《まな》べるチャンスがあるのよ！」

それを棒《ぼう》にふるなんて、信《しん》じられない。

「ぼくは中学生《ちゅうがくせい》ですよ。そろそろ、体育祭《たいいくさい》の練習《れんしゅう》がはじまるので、ここにも来《こ》られなくなります。

……それに、さっきも言《い》ったでしょう。おせっかいなヤツがいる、と」

あたしは、言葉《ことば》が出《で》なかった。

研究者《けんきゅうしゃ》なら、これだけの頭脳《ずのう》があるのなら、さらに学《まな》びたいという欲《よく》があるはずだ。

それなのに、それをいらないだなんて……。

ケイを見《み》ると、その瞳《ひとみ》はまっすぐで、すんでいた。

……今《いま》は研究《けんきゅう》より、大事《だいじ》なものがある、ってことかな。

なんとなく、そんな気《き》がした。

「ふふっ……やっぱり、ケイはとびきり変《か》わってる。嫉妬《しっと》してたあたしが、バカみたい」

おもわず吹《ふ》きだして、あたしは言《い》った。

「……でも、ぼくは桜子《さくらこ》さんがいて、とてもこの研究室《けんきゅうしつ》での研究《けんきゅう》が、やりやすかったです」

「ケイにそう言《い》われるなら、悪《わる》くない気分《きぶん》。……最後《さいご》にいい思《おも》い出《で》ができたわ」

「最後《さいご》？」

今度《こんど》は、ケイがけげんそうな顔《かお》をする。

「だって、今回《こんかい》のことが北澤教授《きたざわきょうじゅ》に伝《つた》われば、あたしはこの研究室《けんきゅうしつ》にはいられないでしょ」

その覚悟《かくご》はできてる。

「桜子《さくらこ》さんは、なにかしましたか？」

「えっ？」

ケイにきかれて、あたしはきょとんとする。

「桜子《さくらこ》さんは、深夜《しんや》に研究室《けんきゅうしつ》に忍《しの》びこみました。これは怒《おこ》られるかもしれませんが、それならぼくも同《おな》じです」

「で、でも！　あたしの目的《もくてき》は……」

ケイのデータを消《け》すつもりでいたんだから。

「証明《しょうめい》できないのなら、ただの妄想《もうそう》と変《か》わりません」

ケイに断言《だんげん》されて、あたしは目《め》を丸《まる》くする。

つまり、あたしとケイがだまっていれば、だれにもわからない。

言《い》うなって、ことだ。

あたしは、大《おお》きくため息《いき》をつく。

「今回《こんかい》は完敗《かんぱい》。……だけど、次《つぎ》は負《ま》けないからね！」

「またいっしょに、研究《けんきゅう》ができるのを、楽《たの》しみにしています」

そう言《い》ってケイは、はじめてわずかにほほえんだように、見《み》えた。

6 2人《ふたり》の進《すす》む道《みち》

気持《きも》ちのいい風《かぜ》が吹《ふ》く中《なか》、あたしは街中《まちなか》を歩《ある》いていた。

日曜日《にちようび》で、研究室《けんきゅうしつ》もお休《やす》みの日《ひ》なので、たまには街《まち》を散歩《さんぽ》してみることにしたんだよね。

目的《もくてき》なしに歩《ある》くっていうのも、たまにはいいかもしれない。

あれから結局《けっきょく》、ケイは本当《ほんとう》に北澤教授《きたざわきょうじゅ》になにも話《はな》さなかった。

あたしたちが、夜《よる》に研究室《けんきゅうしつ》に忍《しの》びこんだこともばれなかったし。

それで、なにごともなかったかのように、あたしは研究室《けんきゅうしつ》で研究《けんきゅう》をつづけている。

変化《へんか》があったといえば、1つだけ。

あの数日後《すうじつご》から、本当《ほんとう》にケイが研究室《けんきゅうしつ》にこなくなったことだ。

「体育祭《たいいくさい》の練習《れんしゅう》があるので、しばらく研究室《けんきゅうしつ》にはこられません」

みんなの前《まえ》でケイが言《い》ったときには、研究室《けんきゅうしつ》メンバーのほぼ全員《ぜんいん》が、あっけにとられたっけ。

今《いま》はケイが残《のこ》した計算《けいさん》データを、みんなでさらに発展《はってん》させて、研究《けんきゅう》をつづけている。

いつか、ケイがうなるような、結果《けっか》を出《だ》してやるつもりでね。

………あれ？

そんなことを考《かんが》えながら、街中《まちなか》を歩《ある》いていると、車道《しゃどう》をはさんだ反対側《はんたいがわ》の歩道《ほどう》に、ふとケイの姿《すがた》が見《み》えた。

今日《きょう》は1人《ひとり》……いや、もう1人《ひとり》いる。

この間《あいだ》、ケイの腕《うで》をひっぱっていた、背《せ》の高《たか》い女《おんな》の子《こ》。

となりにならんで、仲《なか》よさそうに歩《ある》いている。

……といっても、ケイはあいかわらずの無表情《むひょうじょう》だから、わからないけど。

女《おんな》の子《こ》は、コロコロと表情《ひょうじょう》がよく変《か》わって、明《あか》るい子《こ》に見《み》える。

女《おんな》の子《こ》がケイになにかを話《はな》しかけているけど、ケイは聞《き》いているのかいないのか、興味《きょうみ》なさそう。

すると、女《おんな》の子《こ》もさすがに、イラッときたのか、ケイの足《あし》をかるく蹴《け》とばした。

ケイが顔《かお》をしかめて、女《おんな》の子《こ》から距離《きょり》をとろうとするけど、女《おんな》の子《こ》が逃《に》がさない。

「ふふっ……。天才少年《てんさいしょうねん》も、女《おんな》の子《こ》には弱《よわ》いみたいね」

少《すこ》しだけ2人《ふたり》の関係《かんけい》に興味《きょうみ》がわいたけど、それは次《つぎ》にケイに会《あ》うことがあったときの質問《しつもん》に、とっておこう。
でも、あれがケイが、名声《めいせい》よりなによりのぞんだもの、なんだ。
あたしは、2人《ふたり》に背《せ》をむける。
「あたしも、研究《けんきゅう》がんばらなくっちゃ！」
気持《きも》ちのいい風《かぜ》が、あたしの髪《かみ》をなびかせる。
あたしは、風《かぜ》を切《き》って、歩《ある》きだした。

新《しん》入《にゅう》生《せい》・奏《かなで》のねがい

1 にぎやかな1年生《ねんせい》

「や、やっと終《お》わったぁ……」

わたしは、数学《すうがく》のノートを閉《と》じると、バタンと机《つくえ》に倒《たお》れこむ。

教室《きょうしつ》は、クラスメイトのおしゃべりや笑《わら》い声《ごえ》で、すっごくにぎやか。

窓《まど》から、気持《きも》ちのいい風《かぜ》といっしょに、グラウンドでサッカーをやってる、男子《だんし》のかけ声《ごえ》も聞《き》こえてくる。

5月《がつ》の中旬《ちゅうじゅん》。

始業式《しぎょうしき》も終《お》わって1か月《げつ》。

わたしたちも、無事《ぶじ》に2年生《ねんせい》になりました！

しかも、クラス替《が》えがないから、実咲《みさき》や優月《ゆづき》たちと同《おな》じクラスのまま。

……あ、ケイもね。

楽《たの》しい2年生《ねんせい》ライフのはじまり！　と思《おも》ってたんだけど……。

2年生《ねんせい》になったら、勉強《べんきょう》も難《むずか》しくなるんだよねぇ。

まさか、お昼休《ひるやす》みにまで、数学《すうがく》の課題《かだい》をやることになるなんて、思《おも》ってなかったよ。

昨日《きのう》の夜《よる》にやってたんだけど、ぜんぜん終《お》わらなくって……。

「おつかれさま。アスカ、がんばったじゃない」

勉強《べんきょう》を見《み》てくれた実咲《みさき》が、にっこりと笑《わら》ってる。

生徒会長《せいとかいちょう》になった実咲《みさき》は、毎日《まいにち》いそがしそうにしてるけど、時間《じかん》があるときは、こうやって前《まえ》と同《おな》じように、いっしょに休《やす》み時間《じかん》を過《す》ごしてるんだよね。

「そうだよ、アスカちゃん。今日《きょう》の数学《すうがく》の課題《かだい》、難《むずか》しかったもんね」

優月《ゆづき》が、のんびりとした口調《くちょう》で言《い》う。

家庭科部《かていかぶ》の副部長《ふくぶちょう》になった優月《ゆづき》も、2年生《ねんせい》になって、ますますいそがしそうにしてる。

「2人《ふたり》とも、生徒会《せいとかい》とか部活《ぶかつ》に、顔出《かおだ》さなくて大丈夫《だいじょうぶ》なの？」

わたしは、ふと気《き》になって、きく。

「大丈夫《だいじょうぶ》。放課後《ほうかご》にすませるように、してあるから」

「わたしも、衣装《いしょう》づくりが一段落《いちだんらく》して、今《いま》はそんなに忙《いそが》しくないんだ」

実咲《みさき》と優月《ゆづき》が、答《こた》える。

そっか。

それならいいんだけど。

わたしの勉強《べんきょう》に、つき合《あ》わせちゃってたのかと思《おも》って。

「そういうときは、アスカのことは放《ほう》っておいて、生徒会《せいとかい》を優先《ゆうせん》するから」

「ごめんね、アスカちゃん」

うぐぅ……。

まあ、２人《ふたり》とも、まかされた仕事《しごと》を放《ほう》っておくようなタイプじゃないし、そんなことしてたら、わたしが２人《ふたり》を行《い》かせてたけどね。

「……ぼくも、放《ほう》っておくから」

本《ほん》を読《よ》んでいたケイが、ぼそっと言《い》う。

むぅ……言《い》わなくても、わかってるって！

ケイには、最初《さいしょ》から期待《きたい》してないから！

まったくもう。

２年生《ねんせい》になっても、ケイはあいかわらずなんだよね。

怪盗《かいとう》レッドの仕事《しごと》もあるから、部活《ぶかつ》に入《はい》ったりできないってことも、あるけど。

わたしも、演劇部《えんげきぶ》には、なかなか顔出《かおだ》せてないし。

「そういえば、アスカ」

ん？

実咲《みさき》に話《はな》しかけられ、わたしはふり返《かえ》る。

「……そろそろじゃない？」

「へ？」

壁《かべ》の時計《とけい》を見《み》ると、12時《じ》35分《ふん》。

——あっ。

耳《みみ》をすますと、ろう下《か》の遠《とお》くから、ドドドドドドドッという足音《あしおと》が聞《き》こえてくる。

「あ〜〜〜〜〜〜す〜〜〜〜〜〜か〜〜〜〜〜せ〜〜〜〜〜〜ん
ぱ〜〜〜〜〜〜〜〜〜〜〜〜い！」

叫《さけ》び声《ごえ》が聞《き》こえたかと思《おも》ったら、
キ————ィ　キュッ！
開《あ》けたままの教室《きょうしつ》のドアの前《まえ》で、急《きゅう》ブレーキをかけて、女《おんな》の子《こ》が立《た》ち止《ど》まる。
背《せ》の小《ちい》さな、１年生《ねんせい》の女《おんな》の子《こ》だ。
あちゃ〜。
わたしと実咲《みさき》は、頭《あたま》をかかえてため息《いき》をつく。
「こんにちは！　アスカ先輩《せんぱい》」
もう一度《いちど》、女《おんな》の子《こ》は言《い》って、にっこりとほほ笑《え》む。
彼女《かのじょ》の名前《なまえ》は、白里奏《しらさとかなで》。
目《め》はくりっと大《おお》きくて、小動物《しょうどうぶつ》を思《おも》わせる。
ツインテールにした髪《かみ》がかわいらしい。
奏《かなで》は、１か月前《げつまえ》の入学式《にゅうがくしき》のときに、突然《とつぜん》、教室《きょうしつ》をたずねてきたんだよね。
しかも、なぜなのか、わたしにあこがれている……らしい。
それから毎日《まいにち》、昼休《ひるやす》みのこの時間《じかん》になると、やってくる。
「白里《しらさと》さん……毎日言《まいにちい》ってることだけど、ろう下《か》は走《はし》らないで。お願《ねが》いだから」

実咲《みさき》が、頭《あたま》を痛《いた》そうにしながら、奏《かなで》に注意《ちゅうい》する。

この1週間《しゅうかん》、毎日《まいにち》のように注意《ちゅうい》してるもんね。

「はい、ごめんなさい……つい」

奏《かなで》は、ぺこりと頭《あたま》を下《さ》げる。

なんだか、このやりとりを見《み》てると、わたしが詩織先輩《しおりせんぱい》に怒《おこ》られてたときを、思《おも》いだす。

実咲《みさき》が「アスカが2人《ふたり》に増《ふ》えたみたい」って言《い》ってたけど……そういう意味《いみ》じゃ、わたしと奏《かなで》は似《に》てるのかな？

奏《かなで》の小《ちい》さな体《からだ》から、パワーが有《あ》りあまってる感《かん》じが、伝《つた》わってくるしね。

運動神経《うんどうしんけい》もよさそうだもん。

実際《じっさい》、ろう下《か》であれだけ走《はし》ってても、人《ひと》や物《もの》にぶつかったことは一度《いちど》もないらしいし。

実咲《みさき》からしたら、だからって走《はし》っていいことにはならない、ってことになるんだろうけど。

「ふぁ〜あ」

奏《かなで》が、眠《ねむ》たそうにあくびをする。

そういえば、目《め》が少《すこ》し、とろんとしてる。

「奏《かなで》って、いつも眠《ねむ》そうだよねー。夜更《よふ》かしのしすぎは、ダメだよ？」

「気《き》をつけてますよぉ。お昼食《ひるた》べると、眠《ねむ》くなりません？」

ま、たしかに初夏《しょか》の陽気《ようき》で、ポカポカしてるしね。

「それよりアスカ先輩《せんぱい》！　今日《きょう》はなにもしないんですか？」

奏《かなで》がこっちにむき直《なお》って、ワクワクした顔《かお》できいてくる。

なにもしないって……。

そんな、いつも問題《もんだい》おこしてるみたいに、言《い》わないでほしいなぁ。

「そういうわけじゃないんですけど、アスカ先輩《せんぱい》の武勇伝《ぶゆうでん》を、入学前《にゅうがくまえ》から聞《き》いていたので」

ぶ、武勇伝《ぶゆうでん》……。

いったい、奏《かなで》はわたしのどんな話《はなし》を聞《き》いているのか、すごく気《き》になるんですけど。

「アスカにあこがれるのはいいけど、真似《まね》はしたら絶《ぜ》っっっ対《たい》、ダメだよ！」

実咲《みさき》が、切実《せつじつ》な表情《ひょうじょう》で、奏《かなで》に言《い》っている。

ちょっと。

最近《さいきん》は、もう少《すこ》し考《かんが》えて行動《こうどう》してるってば！

「だと、いいんだけど……」

実咲《みさき》にジロリと見《み》られて、わたしは言葉《ことば》につまる。

とりあえず、2年生《ねんせい》になってからは、なにもしてない……はず。

「……まだ1か月《げつ》しか、経《た》っていないからな」

ケイが、口《くち》をはさんでくる。

もう！

こんなときだけ、口《くち》を出《だ》さなくていいんだってば！

「あはは……。やっぱり、みなさん、おもしろいですね。兄《あに》から聞《き》いていた通《とお》りです」

奏《かなで》は楽《たの》しそうに笑《わら》ってる。

聞《き》いていた通《とお》り、か。

その言葉《ことば》に、わたしは奏《かなで》とはじめて会《あ》ったときの、自己紹介《じこしょうかい》を思《おも》いだす。

奏《かなで》は、わたしたちの前《まえ》に立《た》つと、こう言《い》ったんだよね。

『はい！　わたし、探偵《たんてい》の白里響《しらさとひびき》の妹《いもうと》です』

白里響《しらさとひびき》――元中学生探偵《もとちゅうがくせいたんてい》で、現在《げんざい》は高校生探偵《こうこうせいたんてい》として活躍《かつやく》している、日本屈指《にほんくっし》の名探偵《めいたんてい》。

怪盗《かいとう》レッドとしても、紅月飛鳥《こうづきあすか》としても、わたしとケイは、何度《なんど》も会《あ》っている。

奏《かなで》が、その妹《いもうと》。

さすがに、びっくりしすぎて、数秒間《すうびょうかん》、動《うご》きが止《と》まったぐらい。

妹《いもうと》がいたっていうのもはじめて知《し》ったけど、まさかうちの学校《がっこう》に入学《にゅうがく》してくるなんて……。

しかも、響《ひびき》がわたしのことを、なにかと話《はな》してたらしくて、すっかりあこがれられちゃってるし。

奏《かなで》はいい子《こ》だし、なついてくれるのは、うれしいんだけど、でも、響《ひびき》の妹《いもうと》だと思《おも》うと、さすがにちょっと複雑《ふくざつ》なんだよね。

よけいなことを、話《はな》しちゃったりしないかとかさ。

でも、そんな理由《りゆう》で、1年生《ねんせい》を避《さ》けることなんて、したくないし……。

ま、いいか！　心配《しんぱい》ばっかりしてても、しかたがないよね。

せっかく、2年生《ねんせい》になったんだもん。

楽《たの》しまなくっちゃ！

2 レッドの逃走《とうそう》ルート

タンッ

わたしは、レッドのユニフォームに身《み》をつつみ、塀《へい》を飛《と》びこえると、地面《じめん》に着地《ちゃくち》する。

身《み》をかがめて、まわりを確認《かくにん》したけど、気《き》づかれた気配《けはい》はない。

よし！　潜入成功《せんにゅうせいこう》！

ここはとある富豪《ふごう》の邸宅《ていたく》。

ケイのつかんだ情報《じょうほう》によると、この邸宅《ていたく》の持《も》ち主《ぬし》が、盗品《とうひん》の宝石《ほうせき》の売買《ばいばい》をしているのは、まちがいないらしい。

それなら、怪盗《かいとう》レッドの出番《でばん》ってわけ！

『監視《かんし》カメラの位置《いち》は、作戦《さくせん》の通《とお》りだ』

「りょ～かい」

わたしは視線《しせん》をめぐらせると、巡回《じゅんかい》の警備員《けいびいん》が移動《いどう》するタイミングを見《み》て、広《ひろ》い庭《にわ》を走《はし》りだす。

低《ひく》い姿勢《しせい》のまま、足音《あしおと》を立《た》てずに、邸宅《ていたく》の前《まえ》までたどりつく。
わたしは、腕《うで》を上《うえ》にむけると、
ヒュン
ワイヤーを飛《と》ばして、2階《かい》のバルコニーに引《ひ》っかけ、自分《じぶん》ごと巻《ま》きあげる！
2階《かい》に到着《とうちゃく》すると、すばやく窓《まど》の鍵《かぎ》を開《あ》けて、わたしはそっと中《なか》に入《はい》る。
暗《くら》い部屋《へや》の中《なか》には、高《たか》そうなインテリアがおかれていた。
『その部屋《へや》を出《で》て、右《みぎ》に進《すす》め。警備員《けいびいん》の動《うご》きは、モニターしている。しばらくこない』
わたしは、そーっとドアを開《あ》け、ろう下《か》に出《で》る。
ケイの指示通《しじどお》りに、ろう下《か》を右《みぎ》の方向《ほうこう》に進《すす》んでいく。
『止《と》まれ』
ケイの指示《しじ》に、わたしは足《あし》を止《と》める。
壁《かべ》に体《からだ》をくっつけて、身《み》をかくすと、警備員《けいびいん》が近《ちか》くのろう下《か》を歩《ある》いていく。
ふう……。
警備員《けいびいん》をやり過《す》ごしつつ、進《すす》んでいくと、大《おお》きなドアが見《み》えてきた。
『そこが、ターゲットのある部屋《へや》だ』

わたしは、ドアをそっと開《あ》ける。

警備員《けいびいん》は3人《にん》。

警戒《けいかい》した様子《ようす》もなく、眠《ねむ》たげにつっ立《た》っているだけだ。

まさか、正義《せいぎ》の怪盗《かいとう》がやってくるなんて、思《おも》ってもみないみたいね。

『ターゲットは、その部屋《へや》の中央《ちゅうおう》のガラスケースの中《なか》だ』

わたしは、ドアのすき間《ま》から部屋《へや》を見《み》まわす。

警備員《けいびいん》は、部屋《へや》の入《い》り口《ぐち》に1人《ひとり》、ガラスケースのある中央《ちゅうおう》に1人《ひとり》。

『そこから死角《しかく》になっている場所《ばしょ》に、もう1人《ひとり》いる』

なるほど。

じゃあ、予定通《よていどお》りってわけね。

「こっちは準備《じゅんび》オーケーだよ」

『わかった。監視《かんし》カメラは、異常《いじょう》に気《き》づかないように、画像《がぞう》を差《さ》し替《か》えてある。いけ！』

わたしは、すばやくドアから入《はい》りこむと、指弾《しだん》で催眠《さいみん》ガス入《い》りの玉《たま》を放《はな》つ。

パンッ！　パンッ！

ここから見《み》えていた、2人《ふたり》には問題《もんだい》なく、命中《めいちゅう》！

バタン、と倒《たお》れる。

「な、なんだ、おまえは！」

死角《しかく》にいたもう1人《ひとり》が、パニックになっている。

パンッ！

落《お》ちついて催眠《さいみん》ガス入《い》りの玉《たま》で、眠《ねむ》らせる。

わたしは、ガラスケースに手《て》をかけた。

警備《けいび》システムは、ケイが一時的《いちじてき》に切《き》ってある。

わたしは、ガラスケースを持《も》ち上《あ》げて、中《なか》にある大粒《おおつぶ》のサファイアを取《と》りだす。

「おい、どうした！　返事《へんじ》をしろ！」

警備員《けいびいん》の通信機《つうしんき》から、怒鳴《どな》り声《ごえ》が聞《き》こえてくる。

そろそろ立《た》ちさらないと、かけつけてくるかな。

わたしは、ケイのナビで、警備員《けいびいん》をよけながら、さっきとは別《べつ》の部屋《へや》に出《で》る。

そこから、建物《たてもの》の外《そと》に降《お》りたつ。

警備員《けいびいん》は、まだこっちの動《うご》きをつかめてない。

わたしは、警備員《けいびいん》が手薄《てうす》なところから、塀《へい》を飛《と》びこえた。

うん！　順調《じゅんちょう》、順調《じゅんちょう》。
2年生《ねんせい》になってから、初《はつ》のレッドの仕事《しごと》だったけど、ぜんぜん問題《もんだい》なかったね。
『気《き》を抜《ぬ》くなよ。安心《あんしん》するのは、仕事《しごと》が全部《ぜんぶ》終《お》わってからだ』
わかってるって！
でも、追《お》ってくる気配《けはい》もないし、大丈夫《だいじょうぶ》そうだよ。
『油断《ゆだん》するな。逃走《とうそう》ルートは、Ｄだ』
「りょーかい」
ケイは逃走《とうそう》ルートを、いつもいくつもつくってあるんだよね。
今回《こんかい》の場合《ばあい》だと、Ｄルートが一番推測《いちばんすいそく》されにくい。
響《ひび》きみたいな相手《あいて》がいても、逃《に》げきれるように、考《かんが》えられてる。
それだけ、難《むずか》しいルートでもあるんだけど。
いつもケイは、その難《むずか》しいルートを、最初《さいしょ》の予定《よてい》に入《い》れてある。
そのぶん、わたしも安心《あんしん》して逃《に》げられるわけだけど。
わたしは、廃《はい》ビル横《よこ》の路地《ろじ》に入《はい》る。
今日《きょう》はここで、着替《きが》える予定《よてい》なんだよね……………と。

ゾクッ

わたしは、路地《ろじ》に入《はい》り、数歩《すうほ》進《すす》んだところで、足《あし》を止《と》める。

『どうした、アスカ？』

ケイがきいてくる。

「いま……一瞬《いっしゅん》、妙《みょう》な気配《けはい》を感《かん》じた気《き》がして……」

わたしは答《こた》えながら、左側《ひだりがわ》の３メートルほどの高《たか》さの、壁《かべ》の上《うえ》のほうを見《み》つめる。

今《いま》の感覚《かんかく》は、殺気《さっき》というより、だれかに見《み》つめられているような感《かん》じだった。

でも、このルートが見《み》やぶられるなんてありえない。

……気《き》のせいかな。

そう思《おも》いなおそうとしたときだった。

「やっと当《あ》たりました。もう会《あ》えないかと思《おも》いましたよ」

声《こえ》といっしょに、壁《かべ》のむこうから人影《ひとかげ》がふってくる。

この壁《かべ》を、かるがると飛《と》びこえてきた！

わたしは、とっさに身《み》がまえて………目《め》を見開《みひら》く。

「はじめまして。怪盗《かいとう》レッドさん」

そう言《い》って、人影《ひとかげ》は笑《え》みをうかべる。

月明《つきあ》かりに照《て》らされ、目《め》の前《まえ》に立《た》ったのは——見覚《みおぼ》えのある姿《すがた》だった。

背《せ》は低《ひく》く、目《め》が大《おお》きくぱっちりとした、小動物《しょうどうぶつ》を思《おも》わせる女《おんな》の子《こ》。

——し、白里奏《しらさとかなで》！

なんでここに、奏《かなで》がいるわけ⁉

わたしは混乱《こんらん》する頭《あたま》を、必死《ひっし》で落《お》ちつかせる。

大丈夫《だいじょうぶ》、正体《しょうたい》はばれてない。

奏《かなで》は「怪盗《かいとう》レッドさん」って言《い》ったんだし。

「アスカ先輩《せんぱい》」と呼《よ》ばれたわけじゃないんだから。

「……何者《なにもの》？」

わたしは声色《こわいろ》を変《か》えて、奏《かなで》にきく。

「白里奏《しらさとかなで》といいます。兄《あに》のことはご存知《ぞんじ》ですよね？」

「白里響《しらさとひびき》、ね」

「その通《とお》りです」

わたしは、まわりに注意《ちゅうい》をむける。

響《ひびき》の妹《いもうと》なら、警察《けいさつ》を動《うご》かしている可能性《かのうせい》もある。

「ご心配《しんぱい》なく。わたし1人《ひとり》です」

奏《かなで》が、先《さき》まわりして答《こた》える。

学校《がっこう》では、運動神経《うんどうしんけい》しか見《み》ていなかったけど、どうやら頭脳《ずのう》のほうも、兄《あに》ゆずりらしい。

『白里奏《しらさとかなで》の言《い》うことは本当《ほんとう》だ。まわりに彼女以外《かのじょいがい》は確認《かくにん》できない』

ケイが、教《おし》えてくれる。

どうやら、奏《かなで》が姿《すがた》を見《み》せた瞬間《しゅんかん》から、それを探《さぐ》っていたみたい。

「あなた1人《ひとり》なら、なおさらあなたの相手《あいて》をしているヒマはないの」

わたしは、その場《ば》を去《さ》ろうと1歩踏《ぽふ》みだす。

「今《いま》、ここでわたしがさけんだりしたら、こまりませんか?」

えっ。

わたしは動《うご》きを止《と》める。

奏《かなで》は、挑戦的《ちょうせんてき》な視線《しせん》を、わたしにむけてる。

どうしても、わたしを足止《あしど》めするつもりらしい。

……その目的《もくてき》が、なんなのかは、わからないけど。

「どうして、ここがわかったの？」

わたしは奏《かなで》にむき直《なお》り、最初《さいしょ》から気《き》になっていたことを、質問《しつもん》する。

レッドは、予告状《よこくじょう》を出《だ》さない。だから、警備《けいび》を厚《あつ》くされることも、ほとんどないんだよね。

それなのに、奏《かなで》はレッドが盗《ぬす》みをする場所《ばしょ》を、見《み》つけてみせた。

「兄《あに》みたいに、すごい理由《りゆう》はないですよ。レッドが盗《ぬす》みに行《い》きそうな場所《ばしょ》と、その逃走《とうそう》ルートで毎晩見《まいばんみ》はっていたんです。とはいっても、そういう場所《ばしょ》は多《おお》いから、勘《かん》にまかせて、あちこち見《み》はるしかなくて、寝不足《ねぶそく》ですけどね」

そう言《い》って、奏《かなで》は大《おお》きなあくびをする。

最初《さいしょ》から感《かん》じていたけど、どうも、奏《かなで》には緊張感《きんちょうかん》がないんだよね。わたしをつかまえてやる、みたいな気迫《きはく》も感《かん》じないし。

「でも、わたしの逃走《とうそう》ルートを割《わ》りだせたのは？」

ケイが自信《じしん》を持《も》って、選《えら》んだルートのはずだ。

それがなぜ、奏《かなで》にわかったんだろう。

「ん〜、説明《せつめい》するのは難《むずか》しいんですが、普通《ふつう》なら、別《べつ》のルートを選《えら》ぶと思《おも》うんですよ。安全《あんぜん》も確《かく》保《ほ》されているし、逃《に》げやすい。でも、レッドはそうしない気《き》がしたんです。……ただの勘《かん》ですよ」

奏《かなで》はかるい口調《くちょう》で、ひょうひょうと説明《せつめい》する。

か、勘《かん》って……。

話《はな》せば話《はな》すほど、なんだか調子《ちょうし》がくるってくる。

『……安全度《あんぜんど》の高《たか》いルートは、普通《ふつう》の相手《あいて》なら問題《もんだい》ないが、響《ひびき》のような論理的《ろんりてき》な思考《しこう》をする相手《あいて》だと、割《わ》りだされやすい。だから、今回《こんかい》のように、難易度《なんいど》の高《たか》いルートを、選《えら》ぶようにしている。ただ、この白里奏《しらさとかなで》は、あえて可能性《かのうせい》の低《ひく》いルートに、おれたちが来《く》ると読《よ》んだ、ということだろう……。兄《あに》の白里響《しらさとひびき》とは、根本《こんぽん》から考《かんが》え方《かた》がちがうらしい』

可能性《かのうせい》が低《ひく》いルートで、わざわざ待《ま》ちぶせって……かなりむちゃくちゃに聞《き》こえるんですけど。

それはたしかに、響《ひびき》とは考《かんが》え方《かた》がちがいそう。

ただ、一番《いちばん》の問題《もんだい》はまだ残《のこ》ってる。

「どうして、そこまでして、わたしを待《ま》っていたの？」

奏《かなで》がわたしを——怪盗《かいとう》レッドを待《ま》ちぶせていた理由《りゆう》。

それによって、こっちの動《うご》き方《かた》も決《き》まってくる。

どうやら、警察《けいさつ》とは関《かか》わりはないみたいだけど。

だからって、安心《あんしん》できるわけじゃない。

奏《かなで》は、ケイの作戦《さくせん》を見切《みき》って、こうして目《め》の前《まえ》に立《た》っているんだから。

「じつはですね……」

奏《かなで》はそう言《い》って、考《かんが》えるような顔《かお》をする。

わたしは、奏《かなで》の次《つぎ》の言葉《ことば》を、息《いき》をつめて待《ま》つ。

「………………それについては長《なが》くなるので、日《ひ》を改《あらた》めていいですか？」

ズコーッ！

「明日《あした》の夜《よる》の12時《じ》、○△ビルの屋上《おくじょう》でお待《ま》ちしています」

ちょっ、ちょっと⁉

ここまできて、日《ひ》を改《あらた》めるって……どういうつもりなわけ？

でも、奏《かなで》は緊張感《きんちょうかん》のないニコニコ顔《がお》で、深《ふか》い考《かんが》えがあるのかどうか読《よ》めない。

「そう言《い》われて、わたしが来《く》ると思《おも》うの？」

わたしは、奏《かなで》をにらんできく。

どうにも、奏《かなで》のペースで話《はなし》が進《すす》んでる。

「来《き》てくれないと、こまってしまいますが……」

そう言《い》って、奏《かなで》は首《くび》をかしげる。

ぜんぜん、こまってるようには見《み》えないけど……。

「そうしたらまた、寝不足《ねぶそく》になりながら、待《ま》ちぶせするしかないですね！」

にこっと、奏《かなで》はわたしにほほ笑《え》む。

……ん？

その笑《え》みに、わたしは引《ひ》っかかりを覚《おぼ》える。

顔《かお》は笑《わら》っているけど、笑《え》みの奥《おく》に、なにか秘《ひ》めたものを一瞬《いっしゅん》だけ、感《かん》じたような……。

わたしに——怪盗《かいとう》レッドに、敵意《てきい》でも、捕《つか》まえようという気迫《きはく》をむけるわけでもない。

だからって、あこがれてるわけでもなさそう。

こんな相手《あいて》、はじめてかも。

しかも、学校《がっこう》での後輩《こうはい》だから、さらにやりにくいし。

「来《き》ていただけますか？」

「………気《き》がむいたらね」

わたしは答《こた》えず、その場《ば》からはなれる。

去《さ》り際《ぎわ》にふり返《かえ》ると、奏《かなで》は変《か》わらない笑《え》みで、わたしを見送《みおく》っていた。


「ケイ、いったいどういうことだと思《おも》う？」

わたしはケイが用意《ようい》した、別《べつ》のポイントで着替《きが》えをすませて、大通《おおどお》りに出《で》る。

『今《いま》のところは、なんとも言《い》えない。ただ、怪盗《かいとう》レッドを捕《つか》まえるつもりには、見《み》えなかった』

だよね。

響《ひびき》とも、関係《かんけい》ないみたいだし。

いったい、奏《かなで》の目的《もくてき》って、なんなんだろう。

それも、明日《あした》の夜《よる》に指定《してい》のビルに行《い》けば、わかるんだろうか。

『さそいに乗《の》るつもりか？』

「乗《の》らないと、奏《かなで》の考《かんが》えはわからないでしょ。このままじゃ、すっきりしないじゃん。それに……奏《かなで》は笑《わら》っていたけど、どこか必死《ひっし》さを感《かん》じたんだよね。それが気《き》になる」

『……そう言《い》うと思《おも》った。準備《じゅんび》はしておく』

ケイにしては、あっさりとわたしの意見《いけん》を受《う》け入《い》れる。

もしかしたら、ケイも同《おな》じ意見《いけん》だったのかもしれない。

とにかく、奏《かなで》から話《はなし》を聞《き》こう。

学校《がっこう》の先輩《せんぱい》じゃなくて、

――怪盗《かいとう》レッドとして。

3 飛《と》んだ下級生《かきゅうせい》

次《つぎ》の日《ひ》の学校《がっこう》。

はぁ……。

わたしは、心《こころ》の中《なか》でため息《いき》をつく。

昼休《ひるやす》みになると、なんとなく、落《お》ちつかない気分《きぶん》になった。

そろそろ、奏《かなで》が来《く》る時間《じかん》なんだよね。

昨日《きのう》（というか今日《きょう》の夜中《よなか》だけど）、レッドとして奏《かなで》と顔《かお》を合《あ》わせたばっかりなのに、どんな顔《かお》をしたらいいのか、わからない。

むこうは、もちろんレッドの正体《しょうたい》に、気《き》づいてないけど。

あんな話《はなし》をしたあとだと、いつも通《どお》りふるまえるかなぁ、わたし。

ケイに視線《しせん》をむけると、あいかわらず、自分《じぶん》の机《つくえ》で本《ほん》を読《よ》んでいる。

奏《かなで》のことも、あれっきり、とくに話《はな》してないし。

「アスカちゃん、どうしたの？　おはし止《と》まってるけど」

優月《ゆづき》が、首《くび》をかしげてきいてくる。

「ううん！　なんでもないよ」

わたしは首《くび》をふって、お弁当《べんとう》におはしをのばす。

「アスカのお弁当《べんとう》って、いつもおいしそうだよね。さすが、プロのシェフ！　うらやましいなあ」

実咲《みさき》が、わたしのお弁当《べんとう》を見《み》て、感心《かんしん》したようにうなずいてる。

お弁当《べんとう》は、毎朝《まいあさ》、お父《とう》さんがつくってくれるんだよね。

ほどよい甘《あま》さの、ふわっふわの卵焼《たまごや》きとか、肉汁《にくじゅう》がぎゅっとつまった、特製《とくせい》ミニハンバーグとか、入《はい》っているものは、ふつうのお弁当《べんとう》なんだけど、1つ1つの料理《りょうり》が、すっごくおいしいんだ！

色《いろ》あいや、栄養《えいよう》のバランスも考《かんが》えてあるし。

「ア、ス、カ、せんぱ〜いっ！」

そんなことを考《かんが》えていると、奏《かなで》の声《こえ》がろう下《か》から聞《き》こえてくる。

きたきた。

……というか、ろう下《か》で、大声《おおごえ》でわたしの名前《なまえ》を呼《よ》ぶのは、ずっとつづけるのかなぁ。

さすがに、ちょっとはずかしいんだけど。

「奏《かなで》ちゃん、いい走《はし》りっぷりだねー。陸上部《りくじょうぶ》に興味《きょうみ》ない？」

教室《きょうしつ》のドアの前《まえ》に到着《とうちゃく》した奏《かなで》が、クラスメイトの女子《じょし》に声《こえ》をかけられてる。

「いや、それよりバスケ部《ぶ》のほうが、活躍《かつやく》できるって」

「先輩方《せんぱいがた》のおさそいはうれしいのですが、今《いま》のところ、部活《ぶかつ》に入《はい》る予定《よてい》はないので」

「えーっ。ざんねん」

中《ちゅう》1なのに、うちのクラスメイトにも、すっかり奏《かなで》はなじんでる。

ま、それもそうか。

もう1か月以上《げついじょう》にもなるんだし。

それに、人《ひと》なつっこい性格《せいかく》だから、みんながかわいがりたくなる気持《きも》ちも、わかるかも。

わたしも、昨日《きのう》のことがなければ、深《ふか》く考《かんが》えないですむんだけど。

「ふふ～ふ～ん……」

クラスメイトと会話《かいわ》を終《お》えた奏《かなで》が、鼻歌《はなうた》まじりに、こっちにやってくる。

やけに機嫌《きげん》がよさそう。

「なにか、いいことでもあったの？」

わたしがきくと、

「すごくいいことが、あったんですっ！」

奏《かなで》は、満面《まんめん》の笑《え》みで答《こた》える。

すごくいいことって、もしかしなくても、昨日《きのう》のこと……だよね。

奏《かなで》にとっては、レッドに会《あ》えたのは、すごくうれしいってことかぁ。

「アスカ先輩《せんぱい》こそ、どうかしました？　なんか元気《げんき》ないですけど」

奏《かなで》が、わたしの顔《かお》をのぞきこむように、見《み》てる。

「う、ううん！　なんでもないよ！」

わたしは、あわてて首《くび》をふる。

こう見《み》えて、奏《かなで》も響並《ひびきな》みの頭脳《ずのう》を持《も》ってるってわかったんだから、疑《うたが》われるようなことしちゃまずいよね。

「なら、いいんですけど……」

まだ、心配《しんぱい》そうに奏《かなで》はわたしを見《み》てる。

こんなにいい子《こ》なんだし、きっと変《へん》な話《はなし》じゃないよね！

うん！

話《はなし》を聞《き》く前《まえ》から、いろいろ考《かんが》えこむのなんて、わたしらしくないし、今《いま》はひとまず忘《わす》れておこう。

「あ、ちょっと、あぶないよ！」

実咲《みさき》が、立《た》ちあがって言《い》った。

ん？

実咲《みさき》の声《こえ》に、わたしは顔《かお》を上《あ》げて、そちらを見《み》る。

男子《だんし》がベランダの手《て》すりにすわったまま、ふざけていた。

——と。

「う、うわぁ!!」

そのクラスメイトの男子《だんし》が、ぐらり、とよろめいた。

まずいっ！

完全《かんぜん》に、体勢《たいせい》をくずしてる。

あれじゃあ、自力《じりき》で元《もと》にもどれない。

男子《だんし》の体《からだ》が、ベランダの外側《そとがわ》の空中《くうちゅう》に、倒《たお》れこもうとしてる。

ここは2階《かい》。

あのまま、落《お》ちたら大《おお》ケガをするかもしれない。

わたしは、とっさに立《た》ちあがって、走《はし》りだす。

でも、気《き》づくのが一瞬《いっしゅん》おくれたのと、立《た》ちあがったタイムロスで、間《ま》にあうかどうかギリギリ。

いや！

絶対《ぜったい》に間《ま》にあわせる！

わたしが、さらに加速《かそく》しようとしたときだった。

……………えっ⁉

わたしよりひと足先《あしさき》に、ベランダに飛《と》びだす、小《ちい》さな人影《ひとかげ》。

――奏《かなで》⁉

ベランダに走《はし》りこんだ奏《かなで》は、そのままのいきおいでジャンプ！

かるがるとベランダの手《て》すりの高《たか》さまで、跳《と》びあがると、落《お》ちかかっていた男子《だんし》の背中《せなか》を、片《かた》手《て》でトン、と押《お》しもどす。

『おおっ‼』

まわりから、歓声《かんせい》が上《あ》がる。

男子《だんし》がベランダの中《なか》に、倒《たお》れこむ。

でも、あのままじゃ奏《かなで》が！

思《おも》った通《とお》り、奏《かなで》の体《からだ》は空中《くうちゅう》に完全《かんぜん》に乗《の》りだしている。

「きゃあああ！」

「落《お》ちるぞ！」

今度《こんど》は、あちこちから悲鳴《ひめい》が上《あ》がる。

落《お》ちて大《おお》ケガをする。

見《み》ている生徒《せいと》のほとんどが、そう思《おも》ったかもしれない。

だけど——

「はっ！」

奏《かなで》は空中《くうちゅう》で体《からだ》を丸《まる》めると、ベランダの壁《かべ》を外《そと》からおもいっきり蹴《け》った。

まさか！

ベランダの目《め》の前《まえ》3メートルくらいのところに、大《おお》きなイチョウの木《き》がある。

奏《かなで》は、まるで空《そら》を飛《と》ぶように、イチョウの木《き》にむかって跳《と》んで、その太《ふと》い枝《えだ》を両手《りょうて》でつかみ、

「はあああっ！」

かけ声《ごえ》といっしょにいきおいをつけて、イチョウの木《き》の枝《えだ》を軸《じく》に、ぐるりと一回転《かいてん》。

一番《いちばん》いきおいがついたところで手《て》をはなして、こちらにむかって跳《と》んだ！

まさか、こっちに直接《ちょくせつ》、もどる気《き》!?

のばした奏《かなで》の手《て》が、ぎりぎりのところで、ベランダの手《て》すりにかかる。

「くっ……！」

あとは、体《からだ》を引《ひ》き上《あ》げられれば……。

「あっ」

奏《かなで》の手《て》が、つるりと手《て》すりからすべる。

奏《かなで》の体《からだ》は、今度《こんど》は地面《じめん》にむけて、落《お》ちはじめ……させるわけないじゃん！

バシッ！

「あぶないとこだったね、奏《かなで》」

わたしは、奏《かなで》に笑《わら》いかける。

「アスカ先輩《せんぱい》……」

奏《かなで》が目《め》を見開《みひら》く。

わたしは、奏《かなで》の腕《うで》をしっかりと、つかんでいた。

「おおおおおおおっ！」

「すごいっ！　サーカス見《み》てるみたい！」

「今《いま》、木《き》からこっちに飛《と》びうつったよな！」

「あんなことできるの、アスカぐらいだと思《おも》ってた！」

いつの間《ま》にか、他《ほか》のクラスからも歓声《かんせい》が上《あ》がってる。

わたしは、奏《かなで》をベランダに引《ひ》き上《あ》げる。

「ムチャしすぎだよ、奏《かなで》。木《き》をつかって飛《と》びうつるっていうのは、いいアイディアだったけど。ちょっと、枝《えだ》の強度《きょうど》が足《た》りなかったみたいね」

わたしは、肩《かた》をすくめて、奏《かなで》に言《い》う。

イチョウの木《き》を見《み》ると、奏《かなで》がつかんだ枝《えだ》が折《お》れて、たれ下《さ》がってる。

かかった力《ちから》に、たえられなかったみたい。

「できると思《おも》ったんですけど、助《たす》かりました。あのタイミングで、わたしの手《て》をつかんでくれるなんて……さすがアスカ先輩《せんぱい》です！」

奏《かなで》が、尊敬《そんけい》のまなざしを、わたしにむけてくる。

と、そのとき。

「白里《しらさと》さん……」

うしろから、地《ち》を這《は》うような、低《ひく》〜い声《こえ》。

自分《じぶん》の名前《なまえ》じゃなくても、背《せ》すじがゾクゾクとする、この声《こえ》は……！

「——あんなムチャして！　ケガしたらどうするの!!」

ふりむくと、実咲《みさき》がめずらしく、声《こえ》をあらげて、本気《ほんき》で怒《おこ》ってる。

人助《ひとだす》けしたのに厳《きび》しいって思《おも》われるかもしれないけど、心配《しんぱい》してるからこそ、怒《おこ》るんだよね。

実咲《みさき》の目《め》に、涙《なみだ》がたまってるし。

「……はい。ごめんなさい」

それは奏《かなで》にも伝《つた》わったみたいで、素直《すなお》にあやまる。

実咲《みさき》が、そんな奏《かなで》の肩《かた》に手《て》をおく。

「——でも、クラスメイトを助《たす》けてくれて、ありがとう」

その言葉《ことば》に、奏《かなで》の顔《かお》が、パアッと明《あか》るくなる。

ほんと、わかりやすい性格《せいかく》してる。

響《ひびき》とは、そのあたりも、だいぶちがうみたい。

「ケガはない？　一応《いちおう》、保健室《ほけんしつ》に行《い》ったほうがいいわ」

「大丈夫《だいじょうぶ》ですよぉ。これでも、運動神経《うんどうしんけい》はいいほうですし」

「あのね……そういう問題《もんだい》じゃ……」

実咲《みさき》はあきれ顔《がお》で、ため息《いき》をついてる。

「こんなこと、二度《にど》としたら、ダメだからね」

「気《き》をつけます」

奏《かなで》はうなずいてるけど、そういう場面《ばめん》になったら、どうするかわからなそう。

「ついつい、体《からだ》が動《うご》いちゃうのは、わかるなぁ」

「ですよね！」

おもわず口《くち》から出《で》たわたしの言葉《ことば》に、奏《かなで》が目《め》をかがやかせて、食《く》いついてくる。

「ア〜ス〜カ〜……」

実咲《みさき》が、こちらをジロリと見《み》る。

やばっ！　よけいなこと言《い》っちゃったかも。

「え、え〜と、奏《かなで》、保健室《ほけんしつ》行《い》くんだよね。わたしも、付《つ》き添《そ》おうかな〜」

ごまかすようにそう言《い》って、いそいでろう下《か》に、先《さき》に出《で》る。

「もう！」

半分《はんぶん》あきらめ顔《がお》の実咲《みさき》と、うれしそうなニコニコ顔《がお》の奏《かなで》が、ろう下《か》に出《で》てくる。

3人《にん》で、ならんで保健室《ほけんしつ》にむかう。

それとなく、奏《かなで》の歩《ある》いている姿《すがた》を見《み》てみたけど、ひねったりとか大《おお》きなケガを、してる様子《ようす》はないみたい。

ケガをしてたら、歩《ある》いたときが、一番《いちばん》わかりやすいからね。

どうしても、痛《いた》みでぎこちなくなっちゃうし。

「白里《しらさと》さんって、なにか運動《うんどう》をやってるの？　あんな動《うご》きを見《み》たのは、アスカ以外《いがい》でははじめてなんだけど」

実咲《みさき》が奏《かなで》にきく。

そうそう。わたしもそれ、気《き》になってたんだよね。

「わたし、パルクールと、フリークライミングやってるんです」

奏《かなで》が歩《ある》きながら答《こた》える。

ぱるくーる？

フリークライミングなら、わたしも知《し》ってるけど。

というか、ときどきレッドの訓練《くんれん》でやったりするし。

「パルクールって、たしかフリーランニングとも、いうやつだよね？」

実咲《みさき》が思《おも》いだすような顔《かお》をしながら、奏《かなで》にきく。

「くわしく言《い》うと、ちょっとちがうんですけど、だいたい合《あ》ってます」

ふりーらんにんぐ？

英語《えいご》の意味《いみ》をそのままとると、自由《じゆう》に走《はし》りまわるってことかな。

それって、トレーニングになるの？

「ん〜、口《くち》で説明《せつめい》するのは難《むずか》しいんですよね。今度《こんど》、機会《きかい》があればお見《み》せします。楽《たの》しいんですよ。アスカ先輩《せんぱい》なら、すぐにできると思《おも》いますよ！」

奏《かなで》がそこまで言《い》うなら、やってみたいかも。

あの身軽《みがる》さの秘密《ひみつ》を、知《し》りたいっていうのも、ちょっとあるけどね。

「でも、少《すこ》しわかった。それで、あんなに身軽《みがる》な動《うご》きが、できたっていうわけね」

実咲《みさき》が納得《なっとく》した顔《かお》をしてる。

「はい！　でも、アスカ先輩《せんぱい》なら、あの場面《ばめん》できれいに着地《ちゃくち》できましたよね。……わたし、まだまだです」

「そんなことないよ。奏《かなで》も十分《じゅうぶん》すごかったし」

2階《かい》にもどれると判断《はんだん》して、実際《じっさい》にあと一歩《いっぽ》だった、奏《かなで》の判断力《はんだんりょく》と身体能力《しんたいのうりょく》の高《たか》さは、わたしと比《くら》べても、ほとんどちがいはないと思《おも》う。

ほんの少《すこ》し、体《からだ》を支《ささ》える筋力《きんりょく》が足《た》りなかっただけ。

それに、わたしなら、2階《かい》にはもどろうとしなかったと思《おも》うし、たぶんもどれなかった。

奏《かなで》のほうが小柄《こがら》だから、できたこと。

身軽《みがる》さだけなら、わたしより上《うえ》かもしれない。

昨日《きのう》のことといい、やっぱり奏《かなで》はただ者《もの》じゃない。

わたしは、ちらりと奏《かなで》を見《み》る。

その小《ちい》さな体《からだ》に、どれだけの頭脳《ずのう》と、身体能力《しんたいのうりょく》を秘《ひ》めているんだろう。

――できれば、敵《てき》にはなりたくないな。

わたしは、心《こころ》の中《なか》で強《つよ》くそう思《おも》ってから、前《まえ》をむいた。

4 真夜中《まよなか》の待《ま》ちあわせ

深夜《しんや》。

奏《かなで》の指定《してい》したビルの屋上《おくじょう》へ行《い》くために、わたしはレッドのユニフォーム姿《すがた》で階段《かいだん》をのぼっていた。

ビルの中《なか》は、使《つか》われなくなって長《なが》いらしく、少《すこ》しほこりっぽい。

エレベーターはとうぜん動《うご》いていないから、階段《かいだん》で15階《かい》を、のぼらなくちゃいけないんだよね。

警戒《けいかい》しながら、のぼってはいるけど、今《いま》のところ人《ひと》の気配《けはい》も、ワナもないし。

『アスカ。調《しら》べ終《お》わった』

階段《かいだん》をのぼる間《あいだ》に、ケイからの報告《ほうこく》が入《はい》る。

どうだった？

『ビルの中《なか》も、周辺《しゅうへん》にも、警察《けいさつ》やあやしい人影《ひとかげ》はない』

そっか。

これで、わたしたちを油断《ゆだん》させておびきよせておいて、つかまえようという作戦《さくせん》でもないっていうことが、はっきりしたわけ。

15階《かい》をのぼりきり、わたしは屋上《おくじょう》へのドアを開《あ》ける。

ビュウ、と風《かぜ》がふきこんできて、わたしは目《め》をほそめる。

さすがに屋上《おくじょう》は、風《かぜ》が強《つよ》い。

屋上《おくじょう》に1歩踏《ぼふ》みだすと、すぐに奏《かなで》の姿《すがた》は見《み》つかった。

動《うご》きやすそうな、スポーティーなファッションで、高《たか》い金網《かなあみ》の前《まえ》に立《た》ち、街並《まちな》みを見《み》ている。

「来《き》てくれたんですね、レッド！」

ドアの開《ひら》いた音《おと》に気《き》づいて、奏《かなで》が満面《まんめん》の笑《え》みでふり返《かえ》る。

……どうも、調子《ちょうし》がくるうなぁ。

奏《かなで》に、レッドへの警戒感《けいかいかん》が、ぜんぜん感《かん》じられないんだよね。

だからって、アスカのわたしにむけてくる、尊敬《そんけい》のまなざしともちがう。

笑顔《えがお》の下《した》に、強《つよ》い意志《いし》が隠《かく》されているのを、かすかに感《かん》じる。

必死《ひっし》さ……みたいな。

それも、わたしが学校《がっこう》での奏《かなで》を、知《し》っているからかもしれないけど。

「単刀直入《たんとうちょくにゅう》にきくわ。わたしに、なんの用《よう》があるの？」

わたしは近《ちか》づきながら、声色《こわいろ》を変《か》えて、奏《かなで》にきく。

わたしと奏《かなで》は、むかい合《あ》って立《た》つ。

「――1つ、お願《ねが》いしたいことがあるんです」

奏《かなで》がきりだす。

「お願《ねが》い？」

怪盗《かいとう》レッドを、わざわざ待《ま》ちぶせまでして、お願《ねが》い？

しかも、奏《かなで》が？

疑問《ぎもん》が次々《つぎつぎ》にわいたけど、とりあえず話《はなし》を進《すす》めるために、表情《ひょうじょう》には出《だ》さないようにする。

奏《かなで》は、大《おお》きく深呼吸《しんこきゅう》をすると、不意《ふい》に大人《おとな》びた、真面目《まじめ》な顔《かお》になった。

そのとたん、奏《かなで》の全身《ぜんしん》から、ピリピリとした緊張感《きんちょうかん》が発《はっ》された。

「ある美術品《びじゅつひん》を、盗《ぬす》んでください」

奏《かなで》がまっすぐに、わたしを見《み》て言《い》った。

その視線《しせん》を、たっぷり10秒《びょう》ほど見《み》つめ返《かえ》してから、わたしは口《くち》をひらく。

「話《はなし》にならない。あなたの盗《ぬす》みを手伝《てつだ》ってほしい、というわけ？」

ため息《いき》まじりに、首《くび》を横《よこ》にふる。

レッドじゃなく、奏《かなで》の先輩《せんぱい》としてむきあっていたなら、怒《おこ》ってたかもしれない。

だけど、奏《かなで》はわたしの言葉《ことば》にも、動《どう》じた様子《ようす》もなく、つづけて言《い》った。

「ちがいます。それなら、怪盗《かいとう》レッドに、わざわざたのんだりしませんよ。あなたの……レッドの次《つぎ》のターゲットを、その美術品《びじゅつひん》にしてほしい、っていうことです」

次《つぎ》のターゲット？

「わたしが、どういった目的《もくてき》で、盗《ぬす》みをしているかわかってるわよね？」

「もちろん！　怪盗《かいとう》レッドは、悪《わる》い人《ひと》に盗《ぬす》まれた美術品《びじゅつひん》などを盗《ぬす》みかえしている、正義《せいぎ》の怪盗《かいとう》。よくわかってます。その美術品《びじゅつひん》は、怪盗《かいとう》レッドが盗《ぬす》みだすのに、ふさわしいものですよ」

奏《かなで》は自信《じしん》たっぷりに、大《おお》きくうなずいてみせる。

怪盗《かいとう》レッドは、悪者《わるもの》からしか盗《ぬす》みをしない。

つまり、ターゲットになるということは、その美術品《びじゅつひん》が盗品《とうひん》だったりしなきゃいけない。

でも、いくら響《ひびき》の妹《いもうと》だからって、そんな情報《じょうほう》が、かんたんに手《て》に入《はい》るわけ……。

わたしたちだって、ケイがいつもアンテナをはっているから、気《き》づけるぐらいなわけだし。

それに。

もしも奏《かなで》の話《はなし》が本当《ほんとう》だとしても、問題《もんだい》がある。

「あなたの話《はなし》が本当《ほんとう》だとしても、わたしがあなたの言《い》うことを、聞《き》く理由《りゆう》はないと思《おも》うけど」

「もちろん、ありません。でも、理由《りゆう》を知《し》ったら怪盗《かいとう》レッドはきっと動《うご》いてくれると思《おも》います」

奏《かなで》は、確信《かくしん》のある顔《かお》をしてる。

本当《ほんとう》に、盗品《とうひん》のありかを調《しら》べたんだろうか？

でも、だったらレッドにたのみにくるなんて、まわりくどいことをする意味《いみ》はある？

「自信《じしん》があるのね。それで、その美術品《びじゅつひん》はどこにあるの？」

わたしは、奏《かなで》にきく。

「ここに、書《か》いてあります」

奏《かなで》は上着《うわぎ》のポケットから、メモ用紙《ようし》を取《と》りだし、わたしにむけて、差《さ》しだしてくる。

わたしは、そのメモを受《う》けとると、書《か》かれている文章《ぶんしょう》に目《め》を通《とお》す。

「……壺《つぼ》ね。でも、わたしが動《うご》く理由《りゆう》が、書《か》いてないみたいだけど？」

メモにあったのは、場所《ばしょ》と美術品《びじゅつひん》の名前《なまえ》だけ。

しかも、美術品《びじゅつひん》は壺《つぼ》らしい。

壺《つぼ》なんて、いままで盗《ぬす》んだことないけど……。

それより問題《もんだい》は、その壺《つぼ》が盗品《とうひん》だという証拠《しょうこ》もなにも、いっさい書《か》いてないってこと。

「わたしが書《か》いておいたとしても、きっと自分《じぶん》で、改《あらた》めて調《しら》べますよね？　それに、わたしが情《じょう》報《ほう》を提供《ていきょう》した理由《りゆう》も、レッドなら調《しら》べられるかもしれません」

奏《かなで》は、挑戦的《ちょうせんてき》な口調《くちょう》で、言《い》ってくる。

わかりやすい挑発《ちょうはつ》。

さすがに、わたしだって、こんなのには乗《の》らない。

奏《かなで》もそれはわかってるらしく、

「レッドを信用《しんよう》している、ということです」

と、肩《かた》をすくめると言《い》いなおす。

そこまで言《い》うと、奏《かなで》から少《すこ》しだけ、ピリピリとした空気《くうき》が、うすれた。

言《い》うべきことは全部《ぜんぶ》、言《い》ったということ？

本当《ほんとう》に、これをお願《ねが》いするために、何日《なんにち》も徹夜《てつや》をしてレッドを待《ま》ちぶせていたんだろうか。

「それじゃあ、わたし、もう行《い》きますね」

わたしの返事《へんじ》を聞《き》く前《まえ》に、はればれとした顔《かお》で、奏《かなで》は歩《ある》きだす。

いや。

もともと、レッドからの返事《へんじ》を聞《き》くつもりはなかったのかもしれない。

この情報《じょうほう》を、わたしに知《し》らせること自体《じたい》が、たぶん奏《かなで》の目的《もくてき》だから。

それぐらいは、わたしでもわかる。

「あっ」

奏《かなで》が屋上《おくじょう》のドアの前《まえ》で立《た》ち止《ど》まって、ふり返《かえ》る。

「1つ、言《い》い忘《わす》れていたことがありました」

「なに？」

「〝ラドロ〟には、気《き》をつけてください」

らどろ？

なにそれ？

疑問《ぎもん》に思《おも》ったけれど、それをきく前《まえ》に、奏《かなで》は屋《おく》上《じょう》から去《さ》っていた。

1人《ひとり》屋上《おくじょう》に残《のこ》されて、わたしは金網《かなあみ》の近《ちか》くに移《い》

動《どう》する。

見下《みお》ろすと、深夜《しんや》だというのに、明《あ》かりが多《おお》い。

ビルに、看板《かんばん》、お店《みせ》や、車《くるま》のライト、家《いえ》の明《あ》かりもある。

その夜景《やけい》を見《み》ながら、わたしはケイにきく。

「今《いま》の話《はなし》、どう思《おも》う?」

『調《しら》べてみるまでは、なんとも言《い》えない』

「だよね」

ケイなら、そう言《い》うと思《おも》った。

『ただ、白里奏《しらさとかなで》がレッドにウソをつく意味《いみ》もない。調《しら》べればすぐにわかる。それに……』

ケイはそう言《い》って、言葉《ことば》をにごす。

なにが言《い》いたいのかは、わかる。

「うん。奏《かなで》は自分《じぶん》の目的《もくてき》がなにかは、結局教《けっきょくおし》えてくれなかった。これが本当《ほんとう》の情報《じょうほう》だとして、なぜそれをレッドに教《おし》えるのかって」

『それについても調《しら》べる。……どうせ、アスカは気《き》になるんだろ』

「まあね。奏《かなで》の様子《ようす》は、どう考《かんが》えてもおかしいから。ただ、だれかに命令《めいれい》されてるわけでもなさそうだし」
無邪気《むじゃき》にわたしを慕《した》ってくれる後輩《こうはい》の奏《かなで》と、レッドと堂々《どうどう》とわたりあう奏《かなで》。
どっちが、より本当《ほんとう》の奏《かなで》なんだろう。
人《ひと》の顔《かお》が1つだけだとは、思《おも》わない。
わたしにだって、学校《がっこう》でのアスカと、今《いま》みたいなレッドの顔《かお》があるわけだし。
ただ、2つの顔《かお》のどっちにも共通《きょうつう》するものって、あるはずなんだよね。
その人《ひと》の、芯《しん》にあるもの。
奏《かなで》のそれを知《し》りたい。
知《し》らなきゃいけない、と思《おも》う。
こうやって、奏《かなで》はレッドに会《あ》いにきたんだから。
わたしは、それに答《こた》えたいし、応《こた》えたい。
奏《かなで》の先輩《せんぱい》で、怪盗《かいとう》レッドでもある、紅月飛鳥《こうづきあすか》として。

5 新《あら》たな敵《てき》

土曜日《どようび》の朝《あさ》の10時半《じはん》。

リビングには、わたしとケイ、それにお父《とう》さんと圭一郎《けいいちろう》おじさんが、そろっていた。

去年《きょねん》から、この４人《にん》でくらしてきたけど、全員《ぜんいん》がこの時間《じかん》にそろうことなんて、今《いま》まで何回《なんかい》あったかな。

しかも、ケイもおじさんも、ゾンビ化《か》してないし。

ということは、２人《ふたり》とも徹夜明《てつやあ》けってことだろう。

一度寝《いちどね》たら、２人《ふたり》とも、午前中《ごぜんちゅう》は使《つか》いものにならないからね。

「――それで、どうして、お父《とう》さんたちまでいるの？」

わたしはリビングのテーブルの席《せき》にすわりながら、きく。

わたしとケイが、お父《とう》さんたちから「怪盗《かいとう》レッド」を受《う》け継《つ》いで、「２代目《だいめ》」として認《みと》められてから、そんなことはほとんどなかったのに。

いつも、「もう、おまえたちの問題《もんだい》だ。おれたちは引退《いんたい》したんだからな」って、まかせてきたじゃない？

「ケイから少《すこ》し話《はなし》を聞《き》いて、気《き》がかりなことがあったんでね。今回《こんかい》は初代《しょだい》レッドとして、顔《かお》を出《だ》させてもらうことにしたんだよ」

おじさんが、少《すこ》し眠《ねむ》たそうな顔《かお》で、答《こた》える。

気《き》がかりなこと？

奏《かなで》からの「お願《ねが》い」について？　いったい、どのことだろう。

でも、2人《ふたり》がそろうぐらいだから、よっぽどのことなんだと思《おも》う。

「まあ、たまには4人《にん》での作戦会議《さくせんかいぎ》もいいだろう。白里奏《しらさとかなで》ちゃん、だったっけ。なかなか、おもしろそうな話《はなし》になってるじゃないか」

お父《とう》さんが、のんきな口調《くちょう》で言《い》ってくる。

おもしろそうって……。

自分《じぶん》は引退《いんたい》したからって、他人《ひと》ごとなんだから！

……でも、お父《とう》さんたちの意見《いけん》が聞《き》けるのは、正直《しょうじき》、うれしいかも。

なんといっても、怪盗《かいとう》の先輩《せんぱい》だからね！

「……まずは、昨日《きのう》の白里奏《しらさとかなで》の話《はなし》を、もう一度《いちど》確認《かくにん》しておく」

ケイが、話《はなし》を切《き》りだす。

「白里奏《しらさとかなで》が盗《ぬす》みだしてほしいと、指定《してい》してきた壺《つぼ》だが、調《しら》べたところ、やはり盗品《とうひん》だった」

ほんとに⁉

じゃあ奏《かなで》は、自力《じりき》で盗品《とうひん》のありかを突《つ》き止《と》めたってこと？

「くわしい方法《ほうほう》はわからないが、そういうことになる」

それなら、わたしたちに依頼《いらい》なんかせずに、警察《けいさつ》にたのめばいいのに。

「警察《けいさつ》が動《うご》くほどの、たしかな証拠《しょうこ》では、なかったんだろう。あるいは、警察《けいさつ》が証拠《しょうこ》として認《みと》めないような方法《ほうほう》で、情報《じょうほう》を手《て》に入《い》れたか」

なるほど。

でも、その盗品《とうひん》と奏《かなで》との、関係《かんけい》はわかったの？

「もちろん、わかった」

「どんな⁉」

わたしは、おもわずテーブルに身《み》を乗《の》りだす。

ケイはそんなわたしをちらりと見《み》て、眠気覚《ねむけざ》ましのコーヒーをひと口《くち》飲《の》む。

「白里奏《しらさとかなで》の母方《ははかた》の祖父母《そふぼ》は、有馬家《ありまけ》といい、祖父《そふ》は花里《はなさと》グループの子会社《こがいしゃ》の社長《しゃちょう》をしていた」

いきなり、ケイの話《はなし》が変《か》わる。

いきなり関係《かんけい》ない話《はなし》？　と思《おも》いかけたけど、ケイのことだから、関係《かんけい》ない話《はなし》をはじめるわけがないよね。

わたしはだまって、つづきをうながす。

「祖父母《そふぼ》は美術品《びじゅつひん》のコレクターとしても有名《ゆうめい》で、祖父《そふ》が社長《しゃちょう》を退《しりぞ》いたあとも、コレクターとして名《な》の知《し》れた人物《じんぶつ》だった。そんな有馬家《ありまけ》に、事件《じけん》がおきたのは2年前《ねんまえ》。その祖父母《そふぼ》がたてつづけに亡《な》くなったあと、高価《こうか》な美術品《びじゅつひん》だけが、ごっそりと盗《ぬす》まれたんだ」

ぬ、盗《ぬす》まれた!?

しかも、高価《こうか》なものだけって……。

「ああ。祖父《そふ》が亡《な》くなったあとの、一時的《いちじてき》な混乱《こんらん》を狙《ねら》ったんだろう」

まさか、その祖父母《そふぼ》が亡《な》くなったのって……もしかして！

「いや。一応《いちおう》、調《しら》べてはみたが、そこには事件性《じけんせい》はなかった」

ケイは首《くび》をふる。

「祖父《そふ》の死《し》は交通事故《こうつうじこ》だ。それも道路《どうろ》に飛《と》びだしたこどもを助《たす》けてのことで、目撃者《もくげきしゃ》も多《おお》く、不《ふ》幸《こう》な事故《じこ》だったのはまちがいない。祖母《そぼ》のほうは、これより2年前《ねんまえ》、こちらは持病《じびょう》が原因《げんいん》だった」

それじゃあ、盗難事件《とうなんじけん》と、奏《かなで》の祖父母《そふぼ》が亡《な》くなったのには、関係《かんけい》がないんだ。

ほっとした気持《きも》ちと同時《どうじ》に、ふつふつと怒《いか》りがわいてくる。

奏《かなで》の祖父母《そふぼ》の家《いえ》から、美術品《びじゅつひん》を盗《ぬす》んだ、悪《わる》いやつらがいるのは、かわりない！

ん？

ちょっと待《ま》って。

その話《はなし》が関係《かんけい》あるんだとしたら、もしかして、奏《かなで》の指定《してい》した壺《つぼ》って……。

「そうだ。もともとは、有馬家《ありまけ》のものだった」

やっぱり！

「だとすると、その奏《かなで》ちゃんが、レッドを逮捕《たいほ》するための、ワナをしかけている可能性《かのうせい》は低《ひく》そうだね。もし、警察《けいさつ》が関《かか》わっているのなら、盗品《とうひん》の疑《うたが》いがあるものを、エサにすることは考《かんが》えにくいし」

おじさんが、ケイの説明《せつめい》を聞《き》いて、うなずきながら言《い》う。

たしかに！

わたしは、ほっと息《いき》をつく。

それなら、奏《かなで》を疑《うたが》わなくてもいいんだ！

奏《かなで》の目的《もくてき》は、祖父母《そふぼ》の遺品《いひん》を取《と》りもどすことのはずだもん。

「アスカは、人《ひと》を頭《あたま》から信《しん》じすぎるからな。少《すこ》し疑《うたが》ってかかるぐらいで、ちょうどいい」

ケイが、コーヒーをすすりながら、冷《さ》めた口調《くちょう》で言《い》う。

むぅ……。

そりゃあ、ケイみたいに情報《じょうほう》を分析《ぶんせき》して……みたいなことは苦手《にがて》だし。

気持《きも》ちを優先《ゆうせん》しちゃうこともあるけど。

でも、ケイだって、徹夜《てつや》で今《いま》の情報《じょうほう》を調《しら》べあげてくれたわけだもんね。

奏《かなで》のことを、気《き》にかけてなかったわけじゃないんだと思《おも》う。

……たぶんね。

「そちらの話《はなし》は、大丈夫《だいじょうぶ》そうだな」

お父《とう》さんが、話《はなし》の区切《くぎ》りがついたのを見《み》はからって、言《い》ってくる。

そうだけど、なにかまだあるの？

「おれたちにとっては、もう1つの問題《もんだい》のほうが重要《じゅうよう》だ」

もう1つの問題《もんだい》？

わたしは首《くび》をかしげる。

「〝ラドロ〟のことだ」

らどろ？

……ああ！

奏《かなで》が、去《さ》りぎわに言《い》ってたっけ。

『〝ラドロ〟には、気《き》をつけてください』

すっかり忘《わす》れてた。

でも、その名前《なまえ》に問題《もんだい》があるの？

気《き》になるといえば、気《き》になるけど。

「〝ラドロ〟って、どういう意味《いみ》なの？」

外国《がいこく》のお菓子《かし》にでも、ありそうな名前《なまえ》だよね。

「イタリア語《ご》で、〝泥棒《どろぼう》〟の意味《いみ》だ」

ケイが教《おし》えてくれる。

泥棒《どろぼう》？

つまり、奏《かなで》が言《い》いたかったのは、「泥棒《どろぼう》には気《き》をつけろ」ってこと？

でも、盗《ぬす》むお願《ねが》いをしてきて、「泥棒《どろぼう》に気《き》をつけろ」って、なんだか変《へん》じゃない？

「ラドロっていうのは、たしかに泥棒《どろぼう》という意味《いみ》だけど、ちがう意味《いみ》もあるんだよ。……とくに、ぼくたちにとってはね」

わたしが首《くび》をかしげていると、おじさんが言《い》う。

ちがう意味《いみ》？

それって……。

「――盗賊組織《とうぞくそしき》ラドロ。おれたちがレッドをやっていたときに、存在《そんざい》していた組織《そしき》だ」

お父《とう》さんが、おじさんの説明《せつめい》を引《ひ》きつぐ。

とうぞくそしき？

なにそれ？

も、もしかして、タキオンみたいなのじゃ……！

タキオンっていうのは、世界《せかい》の犯罪《はんざい》の多《おお》くにかかわりがあると言《い》われる、世界的犯罪組織《せかいてきはんざいそしき》。

わたしたちが、何度《なんど》も対決《たいけつ》してきた相手《あいて》だ。

とくに幹部《かんぶ》たちは、凶悪《きょうあく》だったり、ものすごく強《つよ》かったりして、一瞬《いっしゅん》の油断《ゆだん》もゆるされない敵《てき》なんだよね。

「いや、ちがうよ」

わたしの心配《しんぱい》に、おじさんが首《くび》をふる。

「組織《そしき》といっても、泥棒《どろぼう》たちの情報交換所《じょうほうこうかんじょ》みたいなところでね。ラドロ自体《じたい》で、なにかをするわけじゃない。ただ、ラドロの存在《そんざい》のおかげで、泥棒同士《どろぼうどうし》の情報交換《じょうほうこうかん》がスムーズに行《おこな》われていたようだね。……ぼくたちは入《はい》れなかったから、くわしくは知《し》らないんだけど」

入《はい》れなかったって、なんで？

「……泥棒《どろぼう》から盗《ぬす》みをするレッドが、そんな組織《そしき》に出入《でい》りできるわけがないだろう」

ケイが小《ちい》さくため息《いき》をついてから、言《い》う。

あ、そうか。泥棒《どろぼう》たちからしたら、レッドは敵《てき》だもんね。

「じゃあ、その組織《そしき》が今回《こんかい》の件《けん》にかかわってるってこと？」

「う〜ん……それなんだがなぁ」

わたしの質問《しつもん》に、お父《とう》さんが難《むずか》しい顔《かお》で、首《くび》をひねる。

えっ？　どうかしたの？

「だいぶ前《まえ》に、ラドロは、タキオンに逆《さか》らって、壊滅《かいめつ》させられたはずなんだよ」

おじさんが、わたしの疑問《ぎもん》に答《こた》えてくれる。

って、タキオンに!?

「タキオンが勢力《せいりょく》を伸《の》ばしてくるのと反対《はんたい》に、ラドロは影響力《えいきょうりょく》を失《うしな》っていった。そして、存在《そんざい》が消《き》えたはず……だったんだけどね」

だった？

「どうやら、また動《うご》きだしたらしい。圭一郎《けいいちろう》が、徹夜《てつや》で調《しら》べたところによると、たしかな証拠《しょうこ》こ

そ出《で》なかったが、数年前《すうねんまえ》からひそかに動《うご》いている、それらしい形跡《けいせき》を見《み》つけたそうだ。証拠《しょうこ》はないが、有馬家《ありまけ》の盗難事件《とうなんじけん》も、やつらが首謀《しゅぼう》だった可能性《かのうせい》が高《たか》い」

「……おそらくは、彼《かれ》らが勢力《せいりょく》を伸《の》ばし、復活《ふっかつ》を企《くわだ》てているんじゃないかと思《おも》う。先日《せんじつ》のフラワーヴィレッジ城《じょう》での一件《いっけん》が、影響《えいきょう》しているのかもしれない。あの事件《じけん》で、タキオンはいきなり幹部《かんぶ》を2人《ふたり》も失《うしな》って、影響力《えいきょうりょく》がゆらいでいるからな。ラドロにとっては、絶好《ぜっこう》の復活《ふっかつ》のタイミングだろう」

おじさんが、眠《ねむ》そうにしてたのは、このことを調《しら》べてたからなんだ。

それにしても、フラワーヴィレッジ城《じょう》かぁ。

春休《はるやす》みに行《い》った、孤島《ことう》にあるお城《しろ》。

そこであった事件《じけん》の中《なか》で、タキオンの幹部《かんぶ》である――ファルコンと怪盗《かいとう》ファンタジスタが、絶壁《ぜっぺき》から海《うみ》に落《お》ちた。

そして、行方不明《ゆくえふめい》のままなんだよね。

「再始動《さいしどう》したラドロは、以前《いぜん》のような情報交換所《じょうほうこうかんじょ》ではないようだ。腕《うで》の立《た》つ泥棒《どろぼう》のみを集《あつ》め、組織的《そしきてき》に活動《かつどう》しているらしい。さっきの有馬家《ありまけ》の一件《いっけん》も、ラドロの可能性《かのうせい》が高《たか》い」

お父《とう》さんが、腕《うで》を組《く》んで難《むずか》しい顔《かお》のまま言《い》う。

「……ずいぶん、あいまいだね」

今《いま》までだまって聞《き》いていた、ケイが言《い》う。

「そうなんだ。痕跡《こんせき》がほとんど残《のこ》っていないんだよ。これだけの情報《じょうほう》を調《しら》べるのにも、苦労《くろう》したんだ。ぼくに痕跡《こんせき》をつかませないなんて、よほど腕《うで》の立《た》つやつらだけで、動《うご》いているらしい」

おじさんが、肩《かた》をすくめる。

ケイの父親《ちちおや》であるおじさんは、ケイと同等《どうとう》のスキルを持《も》っている。

そのおじさんが、手《て》こずるぐらいだから、相当《そうとう》な相手《あいて》らしい。

「まあ、おれたちが教《おし》えられるのは、これぐらいだ」

なるほど。

お父《とう》さんとおじさんが、わざわざ集《あつ》まってたのは、このことを教《おし》えてくれるためだったんだ。

盗賊組織《とうぞくそしき》ラドロか。

また、やっかいそうな相手《あいて》だなぁ。

しかも、奏《かなで》の家《いえ》の事件《じけん》とも、かかわりがあるかもしれない。

「それともう1つ、注意《ちゅうい》しておくことがある」

お父《とう》さんが、指《ゆび》を1本立《ぼんた》てる。

ん？

注意《ちゅうい》することって、なにかほかにもあるの？

「今《いま》まで、アスカたちが盗《ぬす》みだしてきたものは、貴金属《ききんぞく》などの宝石類《ほうせきるい》、大《おお》きくても絵画《かいが》ぐらいだった。しかし、今回《こんかい》は大《おお》きな壺《つぼ》だ。これまでのようには、いかないぞ」

あっ……。

いわれてみれば、そうだ。

今《いま》まで盗《ぬす》んだものを、持《も》ち運《はこ》ぶのに苦労《くろう》したことはなかった。

でも、壺《つぼ》っていったら、どう考《かんが》えてもそれなりに大《おお》きいよね。

しかも、割《わ》れやすいだろうし、割《わ》っちゃいけないし！

「それについては、ケイのお手並《てな》みを拝見《はいけん》だね」

おじさんが、ちらりとケイを見《み》る。

心配《しんぱい》するどころか、おじさん、どこか楽《たの》しげなんだけど……。

「……わかってる」

ケイは、無愛想《ぶあいそう》に答《こた》えると、だまってしまう。

もう、作戦《さくせん》のパターンを考《かんが》えはじめてるのかもしれない。

ケイとおじさんって、父子《おやこ》なのに、いつもどこか張《は》りあってる感《かん》じなんだよね。

本当《ほんとう》に変《か》わった父子《おやこ》。

それにしても……。

奏《かなで》はなんで、ラドロのことを知《し》っていたんだろう。

おじさんですら、調《しら》べるのに苦労《くろう》するような組織《そしき》のことなのに。

しかも、気《き》をつけろってことは、今回《こんかい》の件《けん》にかかわりがあることを、確信《かくしん》してるのかも。

……奏《かなで》が壺《つぼ》を盗《ぬす》んでほしい理由《りゆう》はわかった。

でも。

何週間《なんしゅうかん》も睡眠時間《すいみんじかん》をけずってまで、わたしたちに依頼《いらい》しようとした、あの必死《ひっし》さの理由《りゆう》は、なんだったんだろう？

わたしは、そう思《おも》いながら、お父《とう》さんが入《い》れてくれた紅茶《こうちゃ》を、ゆっくりと飲《の》んだ。

6 奏《かなで》の気持《きも》ち

月曜日《げつようび》の放課後《ほうかご》。

わたしは、くつばこにむかう階段《かいだん》を、1人《ひとり》でおりていた。

実咲《みさき》は生徒会《せいとかい》に、優月《ゆづき》は部活《ぶかつ》に行《い》っちゃった。

演劇部《えんげきぶ》に顔《かお》を出《だ》そうと思《おも》ったけど、今日《きょう》は部活《ぶかつ》がお休《やす》みの日《ひ》で、水夏《みなつ》も別《べつ》の用事《ようじ》があるらしいんだよね。

それで、1人《ひとり》で帰《かえ》るところってわけ。

くつばこで、くつにはきかえていると、

「アスカ先輩《せんぱい》！」

声《こえ》がしてふり返《かえ》る。

カバンを持《も》った奏《かなで》が、かけよってくる。

「奏《かなで》、どうしたの？」

「今《いま》、帰《かえ》るところなんです。もしよかったら、いっしょに帰《かえ》りませんか？」

「いいよ。わたしも、ちょうど1人《ひとり》だしね」

わたしは、笑《わら》ってうなずく。

「やったっ！」

奏《かなで》が、両手《りょうて》でガッツポーズする。

ほんとにもう、大《おお》げさなんだから。

でも、このいつも通《どお》りの会話《かいわ》が、ほっとする。

学校《がっこう》にいる間《あいだ》は、奏《かなで》のことを気《き》にするのは、やめることにしたんだよね。

奏《かなで》のもう1つの顔《かお》のことは気《き》になるけど、そんなことを考《かんが》えながら、ふつうに話《はな》せるほど、わたしって器用《きよう》じゃないもん。

それに、学校《がっこう》での奏《かなで》だって、知《し》りたいしね。

「そうだ！　アスカ先輩《せんぱい》、今日《きょう》は時間《じかん》ありますか？」

校舎《こうしゃ》を出《で》たところで、奏《かなで》がわたしをひたっと熱《あつ》い視線《しせん》で、見《み》つめてくる。

な、なんだろう。

「あるけど……なんで？」

心《こころ》の中《なか》で、気《き》おくれしつつ、わたしはきく。

「だったら、うちによっていきませんか？」

うち？

それって、奏《かなで》の家《いえ》ってことだよね。

奏《かなで》の家《いえ》ってことは、つまり………白里家《しらさとけ》の家《いえ》⁉

「え、え〜と……」

わたしは、答《こた》えに迷《まよ》う。

だって、白里家《しらさとけ》の家《いえ》ってことは、響《ひびき》の家《いえ》でもあるんだよね。

たしか、白里家《しらさとけ》は代々警察《だいだいけいさつ》のえらい人《ひと》だって話《はなし》だし……。

そんなところに、わたしが行《い》って、大丈夫《だいじょうぶ》かなぁ。

「すみません。いきなりこんなこと、迷惑《めいわく》ですよね……」

奏《かなで》が、しょぼんとした顔《かお》で言《い》う。

――ああもう！

わかったってば！

「行《い》くよ！　行《い》くから。そんな顔《かお》しないでってて」

「ほんとですか！」

奏《かなで》が、とたんにキラキラした笑顔《えがお》になる。

かわいい後輩《こうはい》にそんな顔《かお》をされたら、ことわれるわけないじゃん。

まあ、きっと、大丈夫《だいじょうぶ》だよね。うん。

そう思《おも》うことにしよう！

……あとで、ケイにおこられそうだけど。


「うわぁ……」

わたしは、白里家《しらさとけ》の邸宅《ていたく》を見《み》るなり、声《こえ》を上《あ》げる。

今《いま》まで、いろいろなお金持《かねも》ちの豪邸《ごうてい》を見《み》てきたけど、何度見《なんどみ》ても、大《おお》きな家《いえ》って感心《かんしん》しちゃう。

白里家《しらさとけ》の家《いえ》は、今《いま》まで行《い》ったことのある、琴音《ことね》さんの家《いえ》や、理央先輩《りおせんぱい》の家《いえ》ほど豪邸《ごうてい》ではないけど、それでも、かなり立派《りっぱ》な邸宅《ていたく》だ。

「こんな大《おお》きな家《いえ》に住《す》んでるんなら、学校《がっこう》まで、車《くるま》で送《おく》り迎《むか》えもしてもらえるんじゃないの？」

ここまで来《く》るのに、電車《でんしゃ》を使《つか》ったんだよね。

今《いま》まで、わたしが出会《であ》ったお金持《かねも》ちって、車《くるま》で送《おく》り迎《むか》えがきてたし。

「そんなのないですよー。父《ちち》はそうですけど、兄《あに》もわたしも電車通学《でんしゃつうがく》ですし」

響《ひびき》もそうなんだ。

意外《いがい》に庶民的《しょみんてき》……というか、それがふつうなんだけど。

わたしのほうが、感覚《かんかく》がずれてたかも。

大《おお》きな門《もん》の前《まえ》には、警備員《けいびいん》が立《た》っていて、奏《かなで》はまっすぐに近《ちか》づいていく。

「おつかれさまです」

警備員《けいびいん》の人《ひと》たちに声《こえ》をかけて、奏《かなで》は門《もん》の横《よこ》にある、ドアから中《なか》に入《はい》る。

わたしも、つづいて中《なか》に入《はい》った。

敷地《しきち》の中《なか》に入《はい》ると、青々《あおあお》とした芝生《しばふ》が広《ひろ》がる。

あまり草木《くさき》は植《う》えられていなくて、見通《みとお》しがいい。

今《いま》まで見《み》た豪邸《ごうてい》にくらべると、ちょっと殺風景《さっぷうけい》かも。

「父《ちち》の方針《ほうしん》で、侵入者《しんにゅうしゃ》が身《み》を隠《かく》せるような大《おお》きな木《き》や、茂《しげ》みはつくらないようにしているんです」

わたしの疑問《ぎもん》に気《き》づいたのか、奏《かなで》が説明《せつめい》してくれる。

さすが、警察《けいさつ》のえらい人《ひと》。

そういうところに、気《き》を遣《つか》ってるんだ。

まわりは、高《たか》い塀《へい》にかこまれてるし、あちこちに防犯《ぼうはん》カメラらしきものがあるから、忍《しの》びこんだらすぐにばれそう。

これでさらに、名探偵《めいたんてい》の響《ひびき》もいるんだもんね。

……ここにだけは、盗《ぬす》みに入《はい》りたくないかも。

芝生《しばふ》を20メートルほど進《すす》んだところに、真《ま》っ白《しろ》な壁《かべ》の大《おお》きな屋敷《やしき》がある。

2階建《かいだ》てで、横《よこ》にも奥《おく》にも、かなり大《おお》きい。

部屋数《へやかず》も相当《そうとう》ありそう。

「アスカ先輩《せんぱい》、こっちです」

奏《かなで》が屋敷《やしき》のドアの前《まえ》で、待《ま》っている。

わたしがかけよると、奏《かなで》がドアを開《あ》けた。

「ただいまー！」

奏《かなで》が声《こえ》をかけて、中《なか》に入《はい》る。

まず目《め》に入《はい》ったのは、広《ひろ》い玄関《げんかん》。

そこから上《あ》がると、正面《しょうめん》と左右《さゆう》にろう下《か》が、のびている。

少《すこ》しして、奥《おく》からエプロン姿《すがた》の40代《だい》ぐらいの、優《やさ》しそうな女《おんな》の人《ひと》が出《で》てきた。

「お嬢《じょう》さま、お帰《かえ》りなさいませ。そちらの方《かた》は、どなたですか？」

女《おんな》の人《ひと》が、ていねいな口調《くちょう》で奏《かなで》にきく。

「佐々岡《ささおか》さん、ただいま。こちらはわたしの学校《がっこう》の先輩《せんぱい》で、紅月飛鳥《こうづきあすか》さんです」

「そうでしたか。お嬢《じょう》さまがお世話《せわ》になっています。こちらのお屋敷《やしき》で、家政婦《かせいふ》をさせていただいている、佐々岡《ささおか》と申《もう》します」

佐々岡《ささおか》さんはわたしにむき直《なお》ると、頭《あたま》を下《さ》げる。

「は、はい！　こちらこそ、お世話《せわ》になってます」

わたしも、あわてておじぎをする。

やっぱり、家政婦《かせいふ》さんがいたんだ。

これだけ立派《りっぱ》なお屋敷《やしき》だもんね。

家《いえ》の手入《てい》れも大変《たいへん》そうだし、いるのもとうぜんか。

「飲《の》み物《もの》とお菓子《かし》は、あとでお持《も》ちします」

「お願《ねが》いします」

奏《かなで》は佐々岡《ささおか》さんにそう言《い》って、左《ひだり》のろう下《か》を先《さき》に進《すす》んでいく。

木目《もくめ》のフローリングに、壁《かべ》に大《おお》きくとった窓《まど》から、外《そと》が見《み》わたせる。見通《みとお》しがいいっていうのは、それだけで防犯《ぼうはん》になったりするんだよね。レッドとして見《み》ると、こんなに入《はい》りこみにくそうなところって、はじめてかも。

奏《かなで》のあとをついて歩《ある》いていくと、左《ひだり》の一番奥《いちばんおく》にある階段《かいだん》から上《うえ》にのぼっていく。

「ここが、わたしの部屋《へや》ですよ」

奏《かなで》は2階《かい》のドアの前《まえ》で、笑顔《えがお》でふり返《かえ》ると、ドアを開《あ》ける。

「わあぁ、きれいにしてるんだ」

わたしは、奏《かなで》の部屋《へや》に入《はい》ると、くるくるとまわりを見《み》まわす。

わたしとケイの部屋《へや》の、5倍《ばい》ぐらい広《ひろ》そう。

正面《しょうめん》に大《おお》きな窓《まど》があり、その手前《てまえ》に勉強机《べんきょうづくえ》がある。ベッドはそこから少《すこ》しはなれたところ。

壁際《かべぎわ》にはスチールラックがおかれていて、クライミングの道具《どうぐ》の、シューズやチョーク、ロープやハーネスがおいてある。

どれも本格的《ほんかくてき》な道具《どうぐ》で、使《つか》いこんではあるけど、よく手入《てい》れされてる。

反対側《はんたいがわ》には、本棚《ほんだな》があり、難《むずか》しそうな参考書《さんこうしょ》や、小説《しょうせつ》がならんでいた。

部屋《へや》が広《ひろ》いってこともあるけど、思《おも》っていたより片《かた》づいていて、すごくきれい。

……う～ん。

わたしたちの部屋《へや》とは、だいぶちがうなぁ。

「片《かた》づけてないと、兄《あに》がうるさいんです。小《ちい》さいときから言《い》われてたんで、こまめに掃除《そうじ》するのが、くせになっちゃったんですよ」

奏《かなで》が、肩《かた》をすくめて苦笑《にがわら》いしてる。

へえ～。

そういうのを聞《き》くと、響《ひびき》もお兄《にい》ちゃんなんだな、って気《き》がする。

ちょっと、いっしょにいるところを見《み》てみたいかも。

「そういえば、アスカ先輩《せんぱい》にわたしのやってる『パルクール』の説明《せつめい》って、きちんとしてませんでしたよね？　今《いま》、お見《み》せすることはできませんけど」

あ、そういえば。

フリーランニングとも言《い》うんだっけ？

やっぱり、フリークライミングみたいのなの？

フリークライミングなら、わたしもときどき、訓練《くんれん》としてやってるけど。

かんたんにいえば、自分《じぶん》の力《ちから》だけで、山《やま》の岩《いわ》などを登《のぼ》っていくこと。

岩《いわ》の形《かたち》から、自分《じぶん》で登《のぼ》っていけるルートをさがして、ロープとかも使《つか》わずに、登《のぼ》っていくスポーツ。

最近《さいきん》は、人工的《じんこうてき》に岩場《いわば》をつくった練習場《れんしゅうじょう》があちこちにあるから、そっちでまずは練習《れんしゅう》するんだけどね。

こどものころから、お父《とう》さんに山《やま》に連《つ》れていかれて、よく岩肌《いわはだ》を登《のぼ》った記憶《きおく》がある。

ここのところは、レッドの仕事《しごと》もあって、行《い》けてないけどね。

「フリークライミングとは、だいぶちがいますよ。自分《じぶん》の体《からだ》の力《ちから》で、というところは同《おな》じですけど、自然《しぜん》や街《まち》の人工物《じんこうぶつ》を障害物《しょうがいぶつ》ととらえて、それを技《わざ》を加《くわ》えながら突破《とっぱ》していく、という感《かん》じかなぁ。低《ひく》い壁《かべ》や手《て》すりなら、飛《と》びこえたり、木《き》とかつかむものがあれば、それをつかんで移動《いどう》したり。わたしも、うまく説明《せつめい》できないんですけど……きっと、アスカ先輩《せんぱい》も好《す》きかな？　と思《おも》って！」

街中《まちじゅう》を障害物《しょうがいぶつ》として？

な、なんかそれって、レッドをしてるときのわたしが、してることのような……。

壁《かべ》とか、乗《の》り越《こ》えたりしてるし。

だからこの間《あいだ》、奏《かなで》がクラスの男子《だんし》を助《たす》けたとき、もどってこられたんだ。

たしかに、そういうのなら、興味《きょうみ》あるかも！

「今度《こんど》、練習《れんしゅう》に行《い》くときに、さそいますね！」

「うん。楽《たの》しみにしてる」

奏《かなで》となら、あるていど本気《ほんき》を出《だ》しても、大丈夫《だいじょうぶ》そうだしね。

コンコン

ドアがノックされる。

奏《かなで》が返事《へんじ》をすると、佐々岡《ささおか》さんが飲《の》み物《もの》とお菓子《かし》を持《も》って、入《はい》ってくる。

「失礼《しつれい》します」

佐々岡《ささおか》さんは、部屋《へや》のテーブルの上《うえ》に飲《の》み物《もの》とお菓子《かし》をおくと、一礼《いちれい》して出《で》ていく。

仕事《しごと》に真面目《まじめ》な人《ひと》みたい。

世間話《せけんばなし》とか、ぜんぜんしないし。

「そういえば、奏《かなで》のお母《かあ》さんは？」

わたしは、佐々岡《ささおか》さんが持《も》ってきてくれた、クッキーをほおばりながらきく。

「警備会社《けいびがいしゃ》の社長《しゃちょう》をしているので、忙《いそが》しくて、ほとんど家《いえ》にいないんです。母《はは》といる時間《じかん》より、佐々岡《ささおか》さんといる時間《じかん》のほうが、長《なが》いぐらいです」

そっか。

この屋敷《やしき》の警備《けいび》が行《い》き届《とど》いているのは、そのせいもあるんだ。

でも、なんだかそれって、さびしいな。

お母《かあ》さんがいるのに、会《あ》えないなんて。

「前《まえ》は、祖父母《そふぼ》がいてくれたんですけど……」

祖父母《そふぼ》？

わたしは、ちらりと奏《かなで》の顔《かお》を見《み》る。

奏《かなで》が指定《してい》してきた、壺《つぼ》。

それって、たしか奏《かなで》の祖父母家《そふぼけ》のものだったんだよね。

「おじいちゃん、おばあちゃん子《こ》なんだ？」

「です……でした、けどね」

奏《かなで》はそう言《い》って、悲《かな》しそうな顔《かお》で笑《わら》う。

あ……そうか。

もう、いないんだよね。

でも、わたしがそのことを知《し》ってるのは、おかしいし……。

「すみません！　急《きゅう》に変《へん》なこと言《い》っちゃって」

わたしがこまっていると思《おも》ったのか、あわてたように奏《かなで》が言《い》う。

「ううん！　気《き》にしないで。だって、奏《かなで》にとって、大事《だいじ》な人《ひと》なんだよね」

「はい……。母方《ははかた》の祖父母《そふぼ》なんですが、うちの家族《かぞく》はみんないそがしい人《ひと》ばかりだったので、小《ちい》さいころから預《あず》けられて、よくめんどうを見《み》てもらったんです」

そうなんだ。それなら納得《なっとく》がいく。

親代《おやが》わりみたいにして、育《そだ》ったのなら、大事《だいじ》に思《おも》ってとうぜんだもん。

「祖父《そふ》も祖母《そぼ》も、すごく優《やさ》しい人《ひと》で、でも、いけないことをしたときは、ちゃんと叱《しか》ってくれる人《ひと》だったんです。父《ちち》も母《はは》も、わたしがいたずらしても、気《き》がつかないぐらい忙《いそが》しい人《ひと》なので、面《めん》とむかって叱《しか》られたのは、祖父母《そふぼ》がはじめてだったんですよ」

奏《かなで》はうれしそうに話《はな》す。

本当《ほんとう》に、大切《たいせつ》な思《おも》い出《で》なんだろうな、というのが、聞《き》いているだけのわたしにも、伝《つた》わってくる。

「でも……」

不意《ふい》に奏《かなで》の顔《かお》が、暗《くら》くなる。

「祖母《そぼ》が病気《びょうき》で亡《な》くなって……祖父《そふ》が事故《じこ》で亡《な》くなった、すぐあと、祖父母《そふぼ》が大事《だいじ》にしていた美術《びじゅつ》品《ひん》のコレクションが盗《ぬす》まれてしまったんです」

ケイの調査《ちょうさ》の通《とお》りだ。

「しかも、2人《ふたり》のコレクションの中《なか》から、価値《かち》の高《たか》いものだけを選《えら》んでいったんですよ！　価値《かち》が低《ひく》いと判断《はんだん》されたものは、その場《ば》にうち捨《す》てられて残《のこ》されていて……壊《こわ》れてしまったものもありました」

奏《かなで》はギュッと、くちびるをかみしめる。

「――祖父母《そふぼ》は、その価値《かち》にかかわらず、自分《じぶん》のコレクションはすべて、どれも平等《びょうどう》にあつかっていました。祖父《そふ》はわたしによく、『美術品《びじゅつひん》は価値《かち》の高《たか》さだけではなくて、自分《じぶん》の心《こころ》にどう感《かん》じるかが大切《たいせつ》なんだよ』って言《い》ってました。本当《ほんとう》に、大《たい》

切《せつ》にしていたんです。だから……祖父母《そふぼ》の想《おも》いをふみにじられたようで、よけいにくやしくて！」

「そうなんだ……。ねえ、1つきいてもいい？」

「……なんですか？」

奏《かなで》が顔《かお》を上《あ》げる。

「その盗《ぬす》まれた美術品《びじゅつひん》は、もどってきてないの？」

「はい。まったく……。手《て》がかりが、ほとんどなくて」

「奏《かなで》のお父《とう》さんは、警察《けいさつ》のえらい人《ひと》なんだよね？　しかもお兄《にい》さんは、あの白里響《しらさとひびき》なんだし。なんとか、できないの？」

「父《ちち》も兄《あに》も、捜査《そうさ》はしてくれました。ただ、敵《てき》の手《て》ぎわがあまりにあざやかで、手《て》がかりがまったく残《のこ》されていなかったんです。それに、父《ちち》も兄《あに》も、身内《みうち》の事件《じけん》だけに、かまっていられない立《たち》場《ば》なので……」

そういうことだったんだ。

不思議《ふしぎ》に思《おも》ってたんだよね。お父《とう》さんも、兄《あに》の響《ひびき》もいるのに、家族《かぞく》が巻《ま》きこまれた事件《じけん》を、解《かい》決《けつ》できないのって。

たぶん、響《ひびき》の性格《せいかく》からいって、日本中《にっぽんじゅう》から事件解決《じけんかいけつ》の依頼《いらい》をされているのに、身内《みうち》の事件《じけん》を優先《ゆうせん》することはできない、と歯《は》がゆい思《おも》いをしてるんだろう。

片手間《かたてま》では尻尾《しっぽ》をつかませないような相手《あいて》、ってことでもある。

それで、奏《かなで》が自分《じぶん》で動《うご》かざるをえなかったんだ。

「あ、ごめんなさい！　こんな暗《くら》い話《はなし》をいきなりしちゃって！　せっかく、アスカ先輩《せんぱい》が遊《あそ》びにきてくれたのに」

奏《かなで》は無理《むり》に表情《ひょうじょう》を明《あか》るくして、あわてたように言《い》う。

「そんなことないよ。奏《かなで》の大事《だいじ》なものの話《はなし》を聞《き》けて、うれしかったよ」

――本当《ほんとう》にそう思《おも》う。

奏《かなで》がどんな決意《けつい》で、レッドの前《まえ》にあらわれたのか、やっとわかった。

「ありがとうございます……。でも、ここからは楽《たの》しい話《はなし》をしましょう！」

そう言《い》って、奏《かなで》はわたしの腕《うで》にとびついてくる。

それから、わたしと奏《かなで》は、学校《がっこう》でのことや、好《す》きなもののこととか、いろんな話《はなし》をした。

日《ひ》が暮《く》れるまでおしゃべりをしてから、名残惜《なごりお》しそうな奏《かなで》と別《わか》れて、帰宅《きたく》すると、すぐに自分《じぶん》の部屋《へや》にもどる。

部屋《へや》には、いつものようにこちらに背《せ》をむけて、パソコンのキーボードを高速《こうそく》で打《う》ちこんでいる、ケイがいる。

もう迷《まよ》いはなかった。

わたしは、ケイにむけて言《い》った。

「今度《こんど》のターゲットは、奏《かなで》の指定《してい》した壺《つぼ》にしたい」

ケイは、くるりとこちらをむくと、まるでわたしの答《こた》えを知《し》っていたみたいに、小《ちい》さくうなずいた。

7 ラドロの手先《てさき》

街《まち》の中心部《ちゅうしんぶ》から、はなれた邸宅《ていたく》。

わたしは、レッドの姿《すがた》で様子《ようす》をうかがっていた。

高《たか》い壁《かべ》におおわれた3階建《がいだ》ての邸宅《ていたく》に、今回《こんかい》のターゲットである、有馬家《ありまけ》から盗《ぬす》まれた壺《つぼ》がある。

この家《いえ》の主《あるじ》は、盗品《とうひん》ばかりを買《か》いつけて、ここを自分《じぶん》のための美術館《びじゅつかん》にしているらしい。

そんなの泥棒《どろぼう》をサポートしているのと、変《か》わりない。

許《ゆる》せるわけない！

そのために、奏《かなで》のおじいさんやおばあさんが集《あつ》めた、美術品《びじゅつひん》だって……！

『アスカ、熱《あつ》くなりすぎるなよ』

通信機《つうしんき》から、ケイの声《こえ》がする。

わかってるって。

冷静《れいせい》さを欠《か》いたら、やるべきことができなくなっちゃうもんね。
『着地《ちゃくち》ポイントクリアだ』
「りょーかい」
わたしは、壁《かべ》から少《すこ》しはなれると、壁《かべ》にむかって、走《はし》りだした。
タッ、タンッ！
壁《かべ》に足《あし》をついて、一気《いっき》に飛《と》びこえる。
着地《ちゃくち》して、周囲《しゅうい》を見《み》まわすが、警備員《けいびいん》の背中《せなか》は遠《とお》くはなれてる。
それでも今回《こんかい》のターゲットは、前回《ぜんかい》よりは警備《けいび》がきびしい。
監視《かんし》カメラも、警備員《けいびいん》も、数《かず》が多《おお》い。
それでも、わたしとケイなら、突破《とっぱ》できるけどね！
わたしは、姿勢《しせい》を低《ひく》くして、監視《かんし》カメラをさけて、警備員用《けいびいんよう》の出入《でい》り口《ぐち》にむかう。
邸宅《ていたく》の正面玄関《しょうめんげんかん》の反対側《はんたいがわ》にあり、警備《けいび》が手薄《てうす》なことは、調《しら》べがついてる。
……ん？
わたしは、人《ひと》の気配《けはい》を感《かん》じて、建物《たてもの》の陰《かげ》に身《み》をかくす。
出入《でい》り口《ぐち》に、警備員《けいびいん》が近《ちか》づいてる。

「どうする、ケイ？」

『好都合《こうつごう》だ。利用《りよう》させてもらう。プランBに変更《へんこう》だ』

「オーケー」

わたしは、ものかげからわずかに出《で》て、催眠《さいみん》ガス入《い》りの玉《たま》をかまえる。

警備員《けいびいん》は、わたしには気《き》づかずに、出入《でい》り口《ぐち》の端末《たんまつ》を操作《そうさ》している。

このドアは、暗証番号《あんしょうばんごう》を入力《にゅうりょく》しないと、開《ひら》かないようになっているんだけど、ケイはすでにそれを突《つ》きとめてる。

でも、せっかくなら、開《あ》けてもらったほうが、てっとり早《ばや》いもんね。

ピッピッピッ――ピピッ
端末《たんまつ》から小《ちい》さな電子音《でんしおん》がして、ドアが開《ひら》いた。

『今《いま》だ』

わたしは、指弾《しだん》で催眠《さいみん》ガス入《い》りの玉《たま》を放《はな》つ。

パンッ
ドアを開《あ》けた警備員《けいびいん》が、ふらついて、その場《ば》で倒《たお》れる。

わたしは、まわりに気《き》づかれていないことを確認《かくにん》してから、かけよると、警備員《けいびいん》の体《からだ》をロープでしばりあげた。

ドアの上《うえ》の壁《かべ》には、監視《かんし》カメラがついている。もちろん、すでにケイが映像《えいぞう》を差《さ》し替《か》え済《ず》みだ。

茂《しげ》みの中《なか》に、ロープでしばった警備員《けいびいん》を隠《かく》してから、わたしは邸宅《ていたく》の中《なか》に入《はい》る。

天井《てんじょう》は高《たか》く、白《しろ》い壁《かべ》には額縁《がくぶち》に入《い》れられた絵画《かいが》が、かざってある。

あれも、盗品《とうひん》だろうか。

壁際《かべぎわ》から、左右《さゆう》にのびるろう下《か》の先《さき》を確認《かくにん》する。

どうやら、警備員《けいびいん》の姿《すがた》はない。

下《した》は、緑色《みどりいろ》の絨毯《じゅうたん》がしかれていて、足音《あしおと》がたつのを気《き》にする必要《ひつよう》がないんだけど、それはこっちも、だれかの足音《あしおと》に、気《き》づきにくいってことでもあるんだよね。

『右《みぎ》のろう下《か》を進《すす》め』

ケイの指示《しじ》にしたがって、ろう下《か》を歩《ある》く。

つき当《あ》たりまで行《い》くと、また左右《さゆう》にろう下《か》がのびていた。

『そこを左《ひだり》に行《い》って、階段《かいだん》をのぼって、最初《さいしょ》にある部屋《へや》だ』

わずかな気配《けはい》も逃《のが》さないように、神経《しんけい》をとがらせて、わたしはドアの前《まえ》まで行《い》く。

カチャ

ドアノブをまわすと、ゆっくりとドアを開《ひら》く。
中《なか》は暗《くら》い。
——と、窓際《まどぎわ》に人影《ひとかげ》が見《み》える。
待《ま》ちぶせされたっ⁉
とっさに身《み》がまえる。
『あわてるな。彫像《ちょうぞう》だ』
……へ？
目《め》をこらすと、たしかに、石《いし》を削《けず》ってつくられた、彫刻像《ちょうこくぞう》だ。
ふぅ……。
まぎらわしいなぁ。
どうやら、ここには美術品《びじゅつひん》が、まとめて展示《てんじ》してあるらしい。
ほかにも、ガラスケースに入《はい》った、古《ふる》そうな茶碗《ちゃわん》やお皿《さら》、日本刀《にほんとう》もおいてある。
『その部屋《へや》の右奥《みぎおく》の天井近《てんじょうちか》くに、通風口《つうふうこう》があるはずだ』
わたしは、ケイの言《い》った方向《ほうこう》を、見《み》あげる。
たしかに、それらしいものが壁《かべ》にあった。

「あれだね」
ワイヤーを飛《と》ばして、通風口《つうふうこう》の入《い》り口《ぐち》の格子《こうし》に引《ひ》っかけて、壁《かべ》をよじのぼる。
格子《こうし》を外《はず》して、通風口《つうふうこう》の中《なか》に入《はい》りこむ。
ちょっとほこりっぽいけど、問題《もんだい》なさそう。
ケイのナビ通《どお》りに、這《は》って中《なか》を進《すす》んでいく。
『そのあたりだ』
ケイの言葉《ことば》に、近《ちか》くの格子《こうし》から下《した》を見下《みお》ろす。
広《ひろ》い部屋《へや》が見《み》える。
『ターゲットは、その部屋《へや》の中央《ちゅうおう》だ。見《み》えるな』
「うん、確認《かくにん》できた」
わたしでも、両手《りょうて》でかかえきれないような、大《おお》きな壺《つぼ》が部屋《へや》の中央《ちゅうおう》に、おかれている。
『警備員《けいびいん》の数《かず》は4人《にん》だ』
わたしは、部屋《へや》を見《み》まわす。
警備員《けいびいん》は、部屋《へや》の入《い》り口《ぐち》に1人《ひとり》、壺《つぼ》のある中央《ちゅうおう》に3人《にん》。
もちろん、こちらには気《き》づいてない。

『予定通《よていどお》りに停電《ていでん》させるが、1分後《ぷんご》には、非常電源《ひじょうでんげん》に切《き》り替《か》わる』

「りょーかい」

わたしは、暗視《あんし》スコープ機能《きのう》がついている、メガネをかける。

『しかけるぞ。3、2、1……GO《ゴー》！』

バチン！

ケイの声《こえ》と同時《どうじ》に、電気《でんき》が消《き》える。

わたしは、通風口《つうふうこう》から、指弾《しだん》で催眠《さいみん》ガス入《い》りの玉《たま》を放《はな》つ。

パンッ！　パンッ！

中央《ちゅうおう》にいた、2人《ふたり》に命中《めいちゅう》して、バタンと倒《たお》れる。

「なんだ！　どうなってる!?　返事《へんじ》をしろ！」

入《い》り口近《ぐちちか》くにいた警備員《けいびいん》が、手《て》さぐりでうろうろしている。

わたしは、冷静《れいせい》に催眠《さいみん》ガス入《い》りの玉《たま》で、眠《ねむ》らせる。

あと1人《ひとり》。

わたしは、ぼうぜんと立《た》ちつくしている、最後《さいご》の1人《ひとり》の警備員《けいびいん》に、催眠《さいみん》ガス入《い》りの玉《たま》を放《はな》つ。

暗闇《くらやみ》の中《なか》、まっすぐに飛《と》んでいった玉《たま》は、警備員《けいびいん》のひたいに命中《めいちゅう》す――

えっ⁉
パンッ
警備員《けいびいん》は、わずかに首《くび》をひねって玉《たま》をかわした。
そのまま、壁《かべ》に当《あ》たった玉《たま》が割《わ》れる。
今《いま》のは——偶然《ぐうぜん》⁉
いそいでもう一度《いちど》、催眠《さいみん》ガス入《い》りの玉《たま》を打《う》ちだす。
フイッ、と無造作《むぞうさ》に警備員《けいびいん》が体《からだ》をずらして、玉《たま》をよける。
偶然《ぐうぜん》じゃない。
見《み》えてる！
警備員《けいびいん》がこちらを見《み》て、右腕《みぎうで》をふったように見《み》えた。
ヒュン
ほとんど、勘《かん》だった。
わたしは、とっさに通風口《つうふうこう》から飛《と》び降《お》りる。
キンッ
なにかが、通風口《つうふうこう》の入《い》り口《ぐち》に当《あ》たった音《おと》がする。

『アスカ、1分《ぷん》たつぞ』

そのとたん、室内《しつない》に明《あ》かりがもどる。

警備員《けいびいん》は、ふらりと立《た》ちあがり、こっちを見《み》た。

30代《だい》ぐらいの、細身《ほそみ》の男《おとこ》だ。

一見《いっけん》、普通《ふつう》そうに見《み》えるけど、あの動《うご》きはただ者《もの》じゃない。

「だれなの、あなた！」

身《み》がまえるわたしに、警備員《けいびいん》の男《おとこ》が、自分《じぶん》の制服《せいふく》をつかむ。

そのまま、制服《せいふく》を一気《いっき》に脱《ぬ》ぎ去《さ》る。

「さすが怪盗《かいとう》レッドだねぇ。見事《みごと》な手《て》ぎわだ」

ひょうひょうとした口調《くちょう》で、警備員《けいびいん》の男《おとこ》が言《い》う。

いや。

もう警備員《けいびいん》とは呼《よ》べない。

制服《せいふく》の下《した》に身《み》につけていたのは、動《うご》きやすさに特化《とっか》した、服装《ふくそう》に見《み》える。

でも、それより今《いま》は気《き》になることがある。

「どうして、わたしのことを知《し》ってるの！」

声色《こわいろ》を変《か》えて、わたしはきく。

名乗《なの》ってもいないのに、わたしが怪盗《かいとう》レッドだと、知《し》っていた。

「さあねぇ、どうしてかな」

男《おとこ》は不意《ふい》に、右腕《みぎうで》をふる。

なにかが光《ひか》った！

わたしは、その場《ば》から大《おお》きく飛《と》びのく。

壁《かべ》を見《み》ると、細《ほそ》い針《はり》が突《つ》き刺《さ》さっている。

さっきのは、これ？

でも、こんな針《はり》なら、たいした攻撃力《こうげきりょく》はなさそうだけど……。

「刺《さ》さっても、たいした痛《いた》みはないから、安心《あんしん》していい。ただし、麻酔《ますい》を仕込《しこ》んであるから、明日《あした》の朝《あさ》までぐっすりと眠《ねむ》れるよ」

男《おとこ》はニヤリと笑《わら》う。

麻酔針《ますいばり》!?

冗談《じょうだん》でしょ！

あんなの1本《ぽん》でも刺《さ》さったら、終《お》わりじゃない！

「さて、怪盗《かいとう》レッドの実力《じつりょく》を、見《み》せてもらおうかな」

男《おとこ》が床《ゆか》を蹴《け》る。

速《はや》い！

一瞬《いっしゅん》で、左側《ひだりがわ》にまわりこんでくる。

「はっ！」

針《はり》が飛《と》んでくるのを、上体《じょうたい》をそらして、ギリギリでかわす。

「よそ見《み》は、いけないな」

顔《かお》を上《あ》げると、男《おとこ》が間近《まぢか》にせまっている。

くっ。

男《おとこ》の蹴《け》りが飛《と》んでくる。

わたしはうしろに跳《と》びながら、催眠《さいみん》ガス入《い》りの玉《たま》を、指弾《しだん》で放《はな》つ。

「おっと。あぶない、あぶない」

男《おとこ》は、玉《たま》をかわすと、間合《まあ》いをつめてくる。

右手《みぎて》の指《ゆび》の間《あいだ》に、キラリと光《ひか》るものが見《み》えた。

接近戦《せっきんせん》で、刺《さ》すつもり!?

針《はり》をかまえた拳《こぶし》が、顔《かお》にむかってくる——でも。

たしかに、身軽《みがる》さはあるけど!

「なに!?」

わたしは、首《くび》をひねって拳《こぶし》をよけると、足《あし》をはらう。

バランスをくずした男《おとこ》に、左手《ひだりて》で力《ちから》をおさえた発勁《はっけい》を放《はな》つ。

――決《き》まるっ！

そう思《おも》った瞬間《しゅんかん》、男《おとこ》はふわりと倒《たお》れこみながら、わたしの拳《こぶし》をかわし、左腕《ひだりうで》を床《ゆか》について、すぐに後方《こうほう》に跳《と》んだ。

まるで、サーカスのような身軽《みがる》さだ。

今《いま》まで戦《たたか》った、どの相手《あいて》とも似《に》てない。

ううん！

ちょっとちがうかも。

戦《たたか》うために鍛《きた》えた動《うご》きじゃない。

蹴《け》りやパンチの鋭《するど》さは、たいしたことなかった。

でも、今《いま》までのだれよりも、圧倒的《あっとうてき》に身軽《みがる》で、柔軟《じゅうなん》な動《うご》きをしてる。

――しかも、相手《あいて》は本気《ほんき》じゃない。

決《けっ》して、強《つよ》くは踏《ふ》みこんでこない。まるで、わたしの実力《じつりょく》をはかってるみたいな……。

「……何者《なにもの》なの？」

わたしは、あらためてきく。

「そろそろ、ころあいかな。……僕《ぼく》はラドロの一員《いちいん》だよ。今《いま》はそれだけ、伝《つた》えておこう。怪盗《かいとう》レッド、ここから君《きみ》が、どんなふうに仕事《しごと》をはたすのか、楽《たの》しみに見物《けんぶつ》させてもらうよ」
黒装束《くろしょうぞく》の男《おとこ》はそう言《い》うと、両腕《りょううで》をふるう。
「ラドロ……そう言《い》われて逃《に》がすわけ——くっ！」
キンッ　キンッ
飛《と》んでくる針《はり》を、床《ゆか》に転《ころ》がってなんとかかわす。
おき上《あ》がり、顔《かお》を上《あ》げたときには——もう男《おとこ》の姿《すがた》はなかった。
逃《に》げられちゃったか……。
すばしっこいやつ。
ラドロ。やっぱり、ただ者《もの》じゃない。
でも、それより今《いま》は……。
わたしは、耳《みみ》をすます。
下《した》の階《かい》で警備員《けいびいん》が動《うご》きまわる、気配《けはい》を感《かん》じる。
10人以上《にんいじょう》はいそう。
この部屋《へや》に飛《と》びこんでくるまで、あと3分《ぷん》あるかないか。
「どうしよう、ケイ？」

わたしは、いそいできく。

さすがに、こんな大《おお》きな壺《つぼ》を持《も》ったまま、大人数《おおにんずう》の警備員《けいびいん》を突破《とっぱ》するのは、きびしい。

でも、奏《かなで》の大事《だいじ》なものだもん。あきらめるなんて……。

そう不安《ふあん》に思《おも》っていると、

『アスカ。おれをだれだと、思《おも》っている』

通信機《つうしんき》のむこうから、自信満々《じしんまんまん》なケイの声《こえ》が返《かえ》ってきた。

8 ケイの秘策《ひさく》

ケイの指示《しじ》をうけて、わたしは一度《いちど》ろう下《か》に出《で》た。

反対側《はんたいがわ》の部屋《へや》に入《はい》ると、そこは倉庫《そうこ》らしく、工具《こうぐ》や段《だん》ボール箱《ばこ》、それに台車《だいしゃ》がおいてあった。

これ？

わたしは、台車《だいしゃ》を持《も》ってきて、壺《つぼ》のある部屋《へや》にもどる。

「ケイ、持《も》ってきたよ」

壺《つぼ》を台車《だいしゃ》にのせるのはいいけど、このままじゃ、転《ころ》がり落《お》ちちゃうんじゃ……。

警備員《けいびいん》を相手《あいて》にしながら、壺《つぼ》が落《お》ちないように気《き》をつけるなんて、無理《むり》だろうし。

『考《かんが》えてある。出《で》かける前《まえ》にわたしてあったものがあっただろう』

ん？

そういえば、ケイからビニールっぽい素材《そざい》のなにかを、わたされてたっけ。

わたしは、腰《こし》につけたポーチから、それを取《と》りだす。

でも、こんな小《ちい》さなビニールで、どうにかなるの？

『それを広《ひろ》げて、壺《つぼ》にかぶせろ』

壺《つぼ》に？

意味《いみ》はわからないけど、とりあえず、やってみるしかないか！

わたしは、ビニールを広《ひろ》げてみる。

なんだか、しぼんだ浮《う》き輪《わ》みたいな感《かん》じ。

輪《わ》っかになっていて、たしかにこれなら、壺《つぼ》にかぶせられそうだけど……。

うん、ちょうど、ぴったり！

でも、しぼんでるから、クッションの役割《やくわり》はしないだろうし、まさか今《いま》から、わたしが息《いき》をふきこんで、ふくらませるの⁉

『アスカの動物並《どうぶつな》みの肺活量《はいかつりょう》なら、可能《かのう》かもしれないな……』

ちょ、ちょっと！

人《ひと》をなんだと思《おも》ってるのよ！

『安心《あんしん》しろ。そんな手間《てま》はかけない。ビニールの端《はし》にスイッチがついているはずだ。それを強《つよ》く押《お》しこんでみろ』

スイッチ？

わたしは、壺《つぼ》にはめこんだビニールをぐるりと、見《み》てまわる。

あ、あった！

ビニールから少《すこ》し飛《と》びでたスイッチがついてる。

これを強《つよ》く押《お》しこむんだっけ。

「いくよ」

わたしは、ギュッとスイッチを押《お》す。

バシュッ！　ポンッ！

「わっ！　なにこれ!?」

一気《いっき》にビニールが、浮《う》き輪《わ》みたいにふくらんで、3重《じゅう》の輪《わ》っかになる。

壺《つぼ》に浮《う》き輪《わ》が3つ、はまっているみたい。

『今回《こんかい》のために自作《じさく》した。それなら、あるていどの衝撃《しょうげき》があっても、壺《つぼ》が割《わ》れる心配《しんぱい》はない』

じ、じさくって……。

すごい技術《ぎじゅつ》っぽいけど、ケイにはあたりまえのことらしい。

でも、これなら、十分《じゅうぶん》クッションになりそうだし、割《わ》れなそう。

「ここからは、どうするの？」

警備員《けいびいん》が、この部屋《へや》になだれこんでくるまで、あと、1分《ぷん》もない。

『それも、計算《けいさん》のうちだ』

バタンッ！

ドアがいきおいよく開《ひら》く。

バタバタバタバタバタ……

警備員《けいびいん》が20人近《にんちか》くなだれこんできて、わたしを取《と》りかこんだ。

どの警備員《けいびいん》も、大《おお》きな体《からだ》で、動《うご》きも機敏《きびん》だ。

なにかしら、武道《ぶどう》をおさめているのは、まちがいない。

壺《つぼ》をのせた台車《だいしゃ》を引《ひ》きながら、この人数《にんずう》の相手《あいて》は、やっぱり無理《むり》だ。

「どこのどいつか知《し》らんが、もう逃《に》げられんぞ」

ひときわ体《からだ》の大《おお》きい警備員《けいびいん》が、わたしをにらみつけて言《い》う。

どうやら、わたしが怪盗《かいとう》レッドだとは、気《き》づいてないみたい。

警備員《けいびいん》たちは、じりじりと近《ちか》づいてきて、かこみを小《ちい》さくしてくる。

逃《に》げ場《ば》がない。

『突破《とっぱ》しろ』

どうやって？

『強行突破《きょうこうとっぱ》だ。壺《つぼ》を盾《たて》にすれば、飛《と》びかかってはこられない』

なるほど！

だから、警備員《けいびいん》たちは、取《と》りかこんだけど、様子《ようす》を見《み》てるってわけね。

万《まん》が一《いち》、壺《つぼ》に傷《きず》でもついたら、大変《たいへん》だもんね。

そういうことなら。

「とおおりゃああ‼」

わたしは、壺《つぼ》をのせた台車《だいしゃ》を押《お》しながら、ドアにむかってダッシュする。

「うわっ！」

「あぶないっ！」

「あの壺《つぼ》を割《わ》ったりしたら、大変《たいへん》なことになるぞ！」

警備員《けいびいん》たちは、突然《とつぜん》のわたしの突進《とっしん》に、台車《だいしゃ》の進路《しんろ》からとびのく。

「なにをしてる！　つかまえろ！」

「ですが、壺《つぼ》に傷《きず》でもついたら……」

「台車《だいしゃ》を押《お》しているやつを狙《ねら》えばいいだろうが！　頭《あたま》を使《つか》え！」

警備員《けいびいん》たちは、混乱状態《こんらんじょうたい》になってる。

わたしは、そのすきにドアを突破《とっぱ》して、ろう下《か》に出《で》る。

うしろから、すごいいきおいで、警備員《けいびいん》たちが追《お》いかけてくる。

や、やばっ。

『そこをまっすぐだ』

わたしは、台車《だいしゃ》を押《お》したまま、ろう下《か》を走《はし》り抜《ぬ》ける。

足《あし》は、わたしのほうが速《はや》い。

台車《だいしゃ》を押《お》してたって、引《ひ》きはなせる。

「このぉ！」

1人《ひとり》、足《あし》が速《はや》い警備員《けいびいん》が、わたしに追《お》いついてこようとしてる。

お、がんばってるじゃん。

でも、ざんねん。

わたしは、振《ふ》りむきざまに、催眠《さいみん》ガス入《い》りの玉《たま》を、指弾《しだん》で放《はな》つ。

パンッ
ひたいに当《あ》たると、バタリと警備員《けいびいん》が倒《たお》れる。

そのままケイのナビにしたがい、エレベーターの前《まえ》までくる。

「エレベーターを使《つか》うの？」

『ああ。ただし、乗《の》るのは台車《だいしゃ》だけだ。台車《だいしゃ》だけ入《い》れて、1階《かい》のボタンを押《お》してドアを閉《し》めろ』

台車《だいしゃ》だけ？

疑問《ぎもん》に思《おも》ったけど、考《かんが》えてる時間《じかん》はない。

エレベーターに台車《だいしゃ》を押《お》しこみ、1階《かい》のボタンを押《お》すと、「閉《へい》」のボタンを押《お》して、わたしはろう下《か》に飛《と》びだした。

エレベーターが1階《かい》にむけて動《うご》きだす。

「見《み》つけたぞ！」

警備員《けいびいん》たちが、追《お》いついてきた。

『アスカは上《うえ》にむかえ』

上《うえ》!?

って、話《はな》してる場合《ばあい》じゃなさそう。

壺《つぼ》はいいの?

わたしは、間近《まぢか》に迫《せま》ってくる警備員《けいびいん》たちを、引《ひ》きつれて、階段《かいだん》をのぼる。

「壺《つぼ》は後《あと》まわしにしろ。どこに隠《かく》したとしても、あいつを捕《つか》まえれば問題《もんだい》ない! それよりも、あいつを逃《のが》したら、ボスからどんなお叱《しか》りを受《う》けるか、わからん! 絶対《ぜったい》に逃《に》がすな」

大男《おおおとこ》たちは、息《いき》を切《き》らして、汗《あせ》をかきながら、わたしを追《お》いかけてくる。

わたしは、その様子《ようす》を見《み》ながら、階段《かいだん》をのぼりきり、屋上《おくじょう》に出《で》た。

空《そら》は暗《くら》く、風《かぜ》は冷《つめ》たい。

わたしは、屋上《おくじょう》のまわりの金網《かなあみ》の柵《さく》の手前《てまえ》まで行《い》き、ふり返《かえ》る。

警備員《けいびいん》は、30人近《にんちか》くまで増《ふ》えている。

たぶん、この邸宅《ていたく》にいる警備員《けいびいん》のほとんどが、集《あつ》まってる。

「はあはあ……もう逃《に》げられんぞ!」

息《いき》を切《き》らした大男《おおおとこ》の警備員《けいびいん》が、じりじりと近《ちか》づいてくる。

ただ1つの出入《でい》り口《ぐち》は、警備員数人《けいびいんすうにん》で固《かた》めてる。

逃《に》げ場《ば》はないように見《み》える。

「ケイ」

わたしは、次《つぎ》の指示《しじ》を待《ま》つ。

少《すこ》しの沈黙《ちんもく》の後《あと》、ケイの声《こえ》がした。

『………跳《と》べ』

わたしは、瞬時《しゅんじ》に警備員《けいびいん》たちに背《せ》をむけると、かるく助走《じょそう》をつけて、金網《かなあみ》を一気《いっき》によじのぼった。

「どうするつもりだ！　ここは3階《がい》だぞ！」

大男《おおおとこ》が、怒鳴《どな》る。

「そう。たった、3階《がい》でしょ」

わたしは、警備員《けいびいん》たちに笑顔《えがお》をむけると――

タンッ
金網《かなあみ》をけって、空中《くうちゅう》に身《み》を投《な》げる。

体《からだ》を広《ひろ》げて、空気抵抗《くうきていこう》を増《ふ》やしてから、一度《いちど》壁《かべ》をけって、落下速度《らっかそくど》を下《さ》げる。

もう2階《かい》の高《たか》さだ。

ここからなら——

もう一度《いちど》、壁《かべ》をけって、空中《くうちゅう》で回転《かいてん》してから、わたしは地面《じめん》に着地《ちゃくち》する。

「な、なんだと⁉」

警備員《けいびいん》たちが、金網《かなあみ》にしがみついて、わたしを見下《みお》ろしている。

『1階《かい》のエレベーターだ』

「りょーかい」

わたしは、正面玄関《しょうめんげんかん》から邸宅《ていたく》の中《なか》に入《はい》ると、エレベーターの前《まえ》にむかう。

警備員《けいびいん》が2人《ふたり》、立《た》ってる。

「どうなってるんだ、これは！」

「ぜんぜん、下《お》りてこないじゃないか！」

エレベーター前《まえ》で、あせったような声《こえ》を出《だ》してる。

わたしがかけよると、警備員《けいびいん》たちがふり返《かえ》る。

「ど、どうしてお前《まえ》が……」

パンッ　パンッ
催眠《さいみん》ガス入《い》りの玉《たま》で、2人《ふたり》とも眠《ねむ》ってもらう。

わたしが行《い》くと、エレベーターは、2階《かい》と1階《かい》の間《あいだ》で止《と》まっていた。

どうなってるんだろう？

そう疑問《ぎもん》に思《おも》っているうちに、エレベーターが1階《かい》に下《お》りてくる。

ドアが開《ひら》いて、壺《つぼ》をのせた台車《だいしゃ》があらわれる。

まるで、わたしを待《ま》ってたみたい。

『方法《ほうほう》はかんたんだ。アスカが壺《つぼ》をのせたあと、エレベーターに地震《じしん》がおきていると、錯覚《さっかく》させた。エレベーターは地震時《じしんじ》には、緊急停止《きんきゅうていし》する。だれも手《て》が出《だ》せない。その間《あいだ》に、アスカが屋上《おくじょう》まで警備員《けいびいん》を引《ひ》きつけてから、1階《かい》に飛《と》び降《お》りれば、警備員《けいびいん》はついてこられない。そこで緊急停《きんきゅうてい》止《し》を解除《かいじょ》すれば、一番近《いちばんちか》くの階《かい》、つまり1階《かい》にエレベーターは到着《とうちゃく》する』

それで、警備員《けいびいん》たちがエレベーターの前《まえ》で、こまってたんだ。

『上《うえ》のやつらがもどってくる前《まえ》に、脱出《だっしゅつ》するぞ』

うん！

わたしは台車《だいしゃ》を押《お》しながら、邸宅《ていたく》を出《で》る。

ケイが自作《じさく》した、壺《つぼ》を固定《こてい》する浮《う》き輪《わ》みたいなもののおかげで、スピードを上《あ》げても安定《あんてい》してる。

警備員《けいびいん》たちが、1階《かい》におりてくるころには、わたしは邸宅《ていたく》の敷地《しきち》の外《そと》に出《で》ていた。

「ふうぅ……ここまでくれば、ひとまず安心《あんしん》かな」
邸宅《ていたく》から、だいぶはなれたところに来《き》てから、わたしはひと息《いき》つく。
『今回《こんかい》の仕事《しごと》はまだ、残《のこ》ってるぞ。その目《め》の前《まえ》のビルに入《はい》るんだ』
このビル？
かなり古《ふる》そうなビルだけど。
『使《つか》われていないビルだ。……そこにロッカーがあるだろう』
うん、あるけど。
大《おお》きなスチール製《せい》のロッカーがある。
開《あ》けると、中《なか》に折《お》りたたまれた、大《おお》きな段《だん》ボールが入《はい》ってる。
『その段《だん》ボールの中《なか》に壺《つぼ》を入《い》れ直《なお》して、ロッカーにしまえば、今回《こんかい》の仕事《しごと》は終了《しゅうりょう》だ』
そうなの？
不思議《ふしぎ》に思《おも》ったけど、ケイが言《い》うからには、そうなんだろう。
わたしは、壺《つぼ》を段《だん》ボールに入《い》れ直《なお》して、ロッカーにしまう。
ついでに着替《きが》えをすませて、外《そと》に出《で》る。
ファン　ファン　ファン

遠《とお》くから、パトカーのサイレンの音《おと》がする。

『警察《けいさつ》に、さっきの壺《つぼ》の隠《かく》し場所《ばしょ》を連絡《れんらく》してある。あとは、段《だん》ボールにひそませた、レッドのカードを見《み》れば、理解《りかい》するだろう』

そういうことね。

たしかに、いつもみたいに、警察署前《けいさつしょまえ》まで壺《つぼ》を届《とど》けるのは、ちょっとむずかしそうだもんね。警察《けいさつ》に取《と》りにこさせれば、その手間《てま》がはぶけるし。

「じゃあ、これで奏《かなで》が指定《してい》したターゲットの件《けん》は、はたせたってことだよね」

『ああ。あの壺《つぼ》も、ほかの盗品《とうひん》の美術品《びじゅつひん》も、捜査《そうさ》で少《すこ》し時間《じかん》はかかるだろうが、いずれ持《も》ち主《ぬし》のもとに返《かえ》される』

よかった……。

でも、ゆっくりもしてられない。パトカーも近《ちか》づいてるし。

『急《いそ》いでここをはなれるぞ。プランAだ』

「りょーかい」

今日《きょう》はさすがに、奏《かなで》も待《ま》ちぶせてはいないみたいね。

わたしは、街中《まちなか》の人《ひと》ごみにまぎれて、その場《ば》をはなれた。

9
怪盗《かいとう》レッドは負《ま》けない！

『昨日《さくじつ》、怪盗《かいとう》レッドより連絡《れんらく》を受《う》けた、警察《けいさつ》がビルのロッカーを調《しら》べたところ、以前《いぜん》、有馬家《ありまけ》から盗《ぬす》まれた、美術品《びじゅつひん》の壺《つぼ》が見《み》つかりました。警察《けいさつ》は、そのほかにも証拠《しょうこ》となる映像《えいぞう》などを、レッドより入手《にゅうしゅ》していることで、現場近《げんばちか》くに住《す》む富豪《ふごう》の〇×氏《し》が、盗難《とうなん》に関与《かんよ》しているとみて、捜査《そうさ》しています』

リビングのテレビのニュース番組《ばんぐみ》で、昨日《きのう》のレッドの仕事《しごと》のことが流《なが》れてる。

どうやら、うまくいったみたい。

「……警察《けいさつ》には、アスカが撮《と》った映像《えいぞう》を、わかりやすく編集《へんしゅう》したものを、送《おく》ってある」

ケイが、コーヒーを飲《の》みながら、ぼそりと言《い》う。

わたしのレッドのユニフォームのメガネには、録画機能《ろくがきのう》もついてるんだよね。

もちろん、これもケイの発明品《はつめいひん》。

だから、わたしが邸宅《ていたく》で目《め》にしたものは、映像《えいぞう》にほとんど残《のこ》ってるってわけ。

ケイが送《おく》った映像《えいぞう》の中《なか》に、盗品《とうひん》がうつっていれば、警察《けいさつ》も動《うご》けるからね。

「よかった。これで壺《つぼ》は奏《かなで》のもとに返《かえ》るんだね。あーよかったあ♪」

わたしがほっとしていると、ケイが首《くび》をふった。

「そうでもない」

へ？　どういうこと？

ひと安心《あんしん》………じゃ、ないの？

ケイを見《み》ると、いつもの無表情《むひょうじょう》のまま、説明《せつめい》してくれる。

「今回《こんかい》の白里奏《しらさとかなで》の『お願《ねが》い』については、たしかに果《は》たした。だけど、有馬家《ありまけ》から盗《ぬす》まれたもので、あそこにはなかったものが、たくさんあるんだ」

えっ。

ええええっ！　それじゃあ……。

「あの白里奏《しらさとかなで》が、壺《つぼ》を取《と》りもどしただけで、ほかのものをあきらめると思《おも》うか？」

ちらりと、ケイがわたしを見《み》る。

……ぜんぜん思《おも》えない。

っていうことは。

もしかしてこの先《さき》、まだまだレッドは奏《かなで》につきまとわれるかもってこと⁉

「かもな」

うわーっ！

大変《たいへん》なことになっちゃった‼

奏《かなで》のことも大変《たいへん》だけど、もう1つ、重大《じゅうだい》な気《き》がかりもあるし。

レッドの仕事《しごと》の邪魔《じゃま》をした、ラドロの一員《いちいん》を名乗《なの》る男《おとこ》の存在《そんざい》。

結局《けっきょく》、なにが目的《もくてき》なのかは、わからないままだもんね。

邪魔《じゃま》をするには、中途半端《ちゅうとはんぱ》だったし、わたしをつかまえたり、倒《たお》そうというには、本気《ほんき》を出《だ》していないように見《み》えた。

「ラドロの斥候《せっこう》か……完全《かんぜん》に組織《そしき》が復活《ふっかつ》したとみて、よさそうだな」

お父《とう》さんが、お茶《ちゃ》を飲《の》みながら、むずかしい顔《かお》をしてる。

「せっこう？」

「敵《てき》の力《ちから》を見《み》きわめるために差《さ》し向《む》けられた、偵察部隊《ていさつぶたい》ってことだ。今回《こんかい》は、1人《ひとり》だったけど」

ケイが説明《せつめい》してくれる。

「偵察《ていさつ》……ってことは、これから敵《てき》になるってこと？」

「……」

ケイが、さあな、というように肩《かた》をすくめた。

「せっかく、タキオンがおとなしくなったと思《おも》ったら、また変《へん》なのが出《で》てくるの!?　まったく、どうなってるのよ！」

わたしは、肩《かた》をすくめる。

休《やす》んでるヒマもなさそう。

「でも、負《ま》けるつもりもないんだろ？」

お父《とう》さんが、わたしとケイにきいてくる。

わたしは、ケイをちらりと見《み》る。

ケイはだまって、こくりとうなずく。

考《かんが》えてることは、同《おな》じだよね。

「あたりまえ！　どんな敵《てき》が出《で》てきたって、怪《かい》盗《とう》レッドは絶対《ぜったい》に負《ま》けたりしないんだから！」

あとがき

こんにちは！　怪盗《かいとう》レッドの記録係《きろくがかり》こと、秋木真《あきぎしん》です。

おまたせしましたが、怪盗《かいとう》レッド２年生編《ねんせいへん》、始《はじ》まりました！

２年生編《ねんせいへん》になったことで、すこ～しだけ語《かた》り方《かた》を、変《か》えてみました。

今回《こんかい》の主役《しゅやく》は、なんと４人《にん》！

そして３つのストーリーです。（じつは、このあとがきのあとにもショートストーリーがあるんだけどね）

くわしいストーリーは本文《ほんぶん》を読《よ》んでもらうとして、またアスカたちは、いろいろと大変《たいへん》そうです。

それにしても、ケイにあんな一面《いちめん》があるなんて……。

「……ぼくは、いつも通《どお》りだったけど」

あ、ケイ。

めずらしいね、1人《ひとり》?

「アスカは、用《よう》があるとかで、出《で》かけていった」

へえ〜、めずらしいね。

じゃあさ、せっかくケイが来《き》てくれたし、ひさしぶりに暗号《あんごう》の問題《もんだい》だしてよ。

「……しかたないな」

今《いま》、すごくめんどくさそうな顔《かお》したよね。

ま、そんなのはいいや。

とにかく、お願《ねが》いします!

「2 ed ka cd ab eb ea dc dd ge he ie cb bc」

へ?

え〜と、日本語《にほんご》でお願《ねが》いします……。

「……日本語《にほんご》だ」

どう見《み》たって、ローマ字《じ》だよね。

だからって、英語《えいご》でもないし。

ヒント、ください!

「……2は暗号化《あんごうか》してないから、除外《じょがい》していい。あとは法則《ほうそく》がわかれば、簡単《かんたん》だ」

どう考《かんが》えても、カンタンには見《み》えないんだけど……。

……って、そんなこといってるうちに、あとがきの残《のこ》りもわずか。

最後《さいご》にケイから、一言《ひとこと》どうぞ。

「……ぼくのメッセージは、暗号《あんごう》にこめた」

むむっ……。

これで解《と》かないわけにはいかなくなっちゃったな。

みんなも、暗号《あんごう》に挑戦《ちょうせん》してみてね！

それでは、また2人《ふたり》のつぎの活躍《かつやく》でお会《あ》いしましょう！

秋木《あきぎ》 真《しん》

☆秋木真先生《あきぎしんせんせい》へのお手紙《てがみ》は、角川《かどかわ》つばさ文庫編集部《ぶんこへんしゅうぶ》へどうぞ！
〒102―8177 東京都千代田区富士見《とうきょうとちよだくふじみ》2―13―3
株式会社《かぶしきがいしゃ》KADOKAWA 角川《かどかわ》つばさ文庫編集部《ぶんこへんしゅうぶ》 秋木真先生《あきぎしんせんせい》

おまけ☆小説《しょうせつ》
白里奏《しらさとかなで》の夢《ゆめ》

カタン
わたし――白里奏《しらさとかなで》は、シャープペンを机《つくえ》におくと、大《おお》きくのびをする。

「ふぁ～あ……ちょっと一休《ひとやす》み」

今《いま》は10月《がつ》。

時間《じかん》は、夜《よる》の11時《じ》をまわったところ。

ただ今《いま》、来年《らいねん》の中学受験《ちゅうがくじゅけん》の、試験勉強中《しけんべんきょうちゅう》。

志望校《しぼうこう》も、やっと決《き》めたところだしね。

コンコン
ドアをノックする音《おと》が、聞《き》こえる。

「はい、どうぞ」

わたしは、イスにすわったまま、返事《へんじ》をする。

カチャ、とドアが開《ひら》く。

「お兄《にい》ちゃん！　帰《かえ》ってきてたんだ！」

部屋《へや》に入《はい》ってきた姿《すがた》を見《み》て、わたしはイスから立《た》ちあがる。

「さっき、帰《かえ》ってきたところだよ」

お兄《にい》ちゃんが、やさしく笑《わら》いかけてくる。

白《しろ》いジャケット姿《すがた》のところを見《み》ると、本当《ほんとう》についさっき帰《かえ》ってきたところみたい。

お兄《にい》ちゃんの名前《なまえ》は、白里響《しらさとひびき》。

この名前《なまえ》を聞《き》いたら、ピンとくる人《ひと》は、きっとたくさんいるはず。

お兄《にい》ちゃんは、中学生《ちゅうがくせい》なのに、全国《ぜんこく》で有名《ゆうめい》な探偵《たんてい》をしているからね！

警察《けいさつ》が手《て》におえない事件《じけん》の、解決《かいけつ》に協力《きょうりょく》したことも、何度《なんど》もある。

わたしの、自慢《じまん》のお兄《にい》ちゃんなんだ。

「奏《かなで》が志望校《しぼうこう》を決《き》めたって、佐々岡《ささおか》さんから聞《き》いた」

「うん。私立春《しりつはる》が丘学園《おかがくえん》に決《き》めたよ」

「理由《りゆう》をきいても？」

お兄《にい》ちゃんは、壁際《かべぎわ》にあったイスを引《ひ》きよせて、すわる。

「だって、お兄《にい》ちゃんがいろいろと話《はな》してくれたでしょ。春《はる》が丘学園《おかがくえん》には、おもしろい人《ひと》がたくさんいるって。もちろん、学生《がくせい》が主役《しゅやく》の自由《じゆう》な校風《こうふう》っていうのも、気《き》に入《い》ったんだけど」

「それは話《はな》したけど……奏《かなで》の学力《がくりょく》なら、もっとむずかしい学校《がっこう》を受験《じゅけん》しても、いいはずだろう？」

たしかにね。

わたしの学力《がくりょく》なら、難関校《なんかんこう》っていわれているところでも、入《はい》れる可能性《かのうせい》は十分《じゅうぶん》ある。

「う〜ん……でもさ。頭《あたま》がいい人《ひと》に出会《であ》うより、おもしろい人《ひと》と出会《であ》う方《ほう》が、むずかしいと思《おも》わない？」

「……なるほど。奏《かなで》らしいな」

お兄《にい》ちゃんは、なぜだか、楽《たの》しそうに笑《わら》ってる。

わたし、変《へん》なこと言《い》ったかな？

でも、頭《あたま》がいい人《ひと》なら、もう出会《であ》ってるもんね。

今《いま》、目《め》の前《まえ》にいる。

わたしは、幼《おさな》いころから、近《ちか》くにお兄《にい》ちゃんがいた。

どれだけ、お兄《にい》ちゃんが頭《あたま》が良《よ》くて、するどい論理的思考《ろんりてきしこう》をするのかも、わかっている。

だから同時《どうじ》に、自分《じぶん》には、同《おな》じところには立《た》てない、とも気《き》づいちゃったんだよね。

わたしが追《お》いつこうとしても、お兄《にい》ちゃんはその間《あいだ》に、はるか先《さき》に進《すす》んじゃう。

ずーっと、この差《さ》は埋《う》まらない。

だったら、違《ちが》う方法《ほうほう》で目的地《もくてきち》に近《ちか》づくしかない。

お兄《にい》ちゃんが得意《とくい》なのは、ロジック。つまり、論理的思考《ろんりてきしこう》から組《く》み立《た》てる推理《すいり》。

それなら、わたしはあえて、そのロジックの裏《うら》をかくような、思考《しこう》をしてみたらどうだろうって、思《おも》ってるんだ。

発想《はっそう》や勘《かん》に頼《たよ》ったり、わざと確率《かくりつ》の悪《わる》いほうに、考《かんが》えたり、動《うご》いてみたり。

今《いま》、お兄《にい》ちゃんが追《お》いかけている怪盗《かいとう》レッドも、お兄《にい》ちゃんの論理的思考《ろんりてきしこう》だけでは、追《お》いつくことはできても、追《お》い抜《ぬ》くことができてない。裏《うら》をかけてない。

だから、わたしがお兄《にい》ちゃんの助《たす》けになるような、裏《うら》をかく思考《しこう》ができるようになったら……。

そのとき、わたしはお兄《にい》ちゃんと、いっしょの場所《ばしょ》に立《た》てるかもしれない。

「どうかしたのか、奏《かなで》？　ぼーっとして」

お兄《にい》ちゃんが、わたしの顔《かお》をのぞきこんでる。

「な、なんでもないよ！　ちょっと考《かんが》えごと」

わたしはあわてて、手《て》をふる。

「ならいいけど。あんまり、根《こん》を詰《つ》めすぎるなよ」

「うん。そうする」

「しかし、春《はる》が丘学園《おかがくえん》か……」

お兄《にい》ちゃんは、少《すこ》し考《かんが》えるような顔《かお》をする。

「なにか、気《き》になることでもあるの？」

「いや。たしかにおもしろい人《ひと》たちが、たくさんいる学校《がっこう》ではあるな、と思《おも》って。ぼくはあまり自分《じぶん》の学校《がっこう》に行《い》けていないから。少《すこ》し、うらやましいよ」

お兄《にい》ちゃんは、事件解決《じけんかいけつ》に全国《ぜんこく》を飛《と》び回《まわ》っているせいで、学校《がっこう》には半分《はんぶん》ぐらいしか、通《かよ》えていない。

それでも、特例《とくれい》で試験《しけん》で点《てん》をとれば、卒業《そつぎょう》できるらしいんだけど。

お兄《にい》ちゃんなら、試験《しけん》の心配《しんぱい》はいらないけど、ふつうの学校生活《がっこうせいかつ》にはあこがれがあるのかも。

「あつかう事件《じけん》を少《すこ》し減《へ》らしたら？　最近《さいきん》、とくにいそがしそうだよ」

「そういうわけにもいかないさ。ぼくを必要《ひつよう》としてくれる、こまっている人《ひと》たちがいる限《かぎ》りはね」

あっさりと、お兄《にい》ちゃんは言《い》う。

こういうところが、お兄《にい》ちゃんのいいところだけど、同時《どうじ》に心配《しんぱい》なところでもあるんだよね。

自分《じぶん》のことより、人《ひと》のことを優先《ゆうせん》しちゃう。探偵《たんてい》としては正《ただ》しいのかもしれないけど、妹《いもうと》としては、自分《じぶん》のことも考《かんが》えてほしい、と思《おも》っちゃう。

「そろそろ、行《い》くよ。奏《かなで》の勉強《べんきょう》の邪魔《じゃま》したら、悪《わる》いからね」

「そんなことないよ……」

「心配《しんぱい》はしてないけどな。がんばれ、奏《かなで》」

そう言《い》って、お兄《にい》ちゃんはわたしの頭《あたま》にポンッと手《て》をのせる。

「うん。がんばる」

わたしがうなずくと、お兄《にい》ちゃんは部屋《へや》を

出《で》ていく。

ベッドに、ゴロンと横《よこ》になる。

春《はる》が丘学園《おかがくえん》かぁ。

早《はや》く行《い》ってみたいな。

お兄《にい》ちゃんが話《はな》してた人《ひと》たちにも、会《あ》ってみたい。

とくに、紅月飛鳥《こうづきあすか》さん！

お兄《にい》ちゃんの話《はなし》や、わたしが自分《じぶん》で調《しら》べたウワサ話《ばなし》だと、校舎《こうしゃ》から飛《と》び降《お》りて猫《ねこ》を助《たす》けたり、友達《ともだち》の危機《きき》を救《すく》うために、自分《じぶん》の身《み》を危険《きけん》にさらすことができたり、とにかくやってることが、勇気《ゆうき》と行動力《こうどうりょく》があって、すごいんだよね。

まず入学《にゅうがく》したら、最初《さいしょ》に会《あ》いに行《い》かなくっちゃ！

「よ〜し！　もう少《すこ》し勉強《べんきょう》しよっかな」

わたしはおき上《あ》がると、机《つくえ》にもどって、勉強《べんきょう》を再開《さいかい》した。

——春《はる》が丘学園《おかがくえん》に、入学《にゅうがく》する日《ひ》を夢見《ゆめみ》て。

角川つばさ文庫

秋木 真／作

静岡県生まれ、埼玉県育ち。AB型。友人からは二重人格とよく言われる。『ゴールライン』（岩崎書店）でデビュー。主な作品に「怪盗レッド」シリーズ、「黒猫さんとメガネくん」シリーズ（共に角川つばさ文庫）、「リオとユウの霊探事件ファイル」シリーズ（集英社みらい文庫）。最近は、エアレース（飛行機レース）を観るのにはまっている。

しゅー／絵

神奈川県下在住のマンガ家・イラストレーター。イラストを担当した作品に「怪盗レッド」シリーズ（角川つばさ文庫）、「超自宅警備少女ちのり」シリーズ（GA文庫）などがある。すごく辛いカレーが好き。

角川《かどかわ》つばさ文庫《ぶんこ》

怪盗《かいとう》レッド⑪
アスカ、先輩《せんぱい》になる☆の巻《まき》

作《さく》　秋木《あきぎ》 真《しん》

絵《え》　しゅー

2015年3月15日　初版発行
2025年2月20日　27版発行

発行者　山下直久
発　行　株式会社KADOKAWA
　　　　〒102-8177　東京都千代田区富士見 2-13-3
　　　　電話　0570-002-301（ナビダイヤル）
印　刷　株式会社KADOKAWA
製　本　株式会社KADOKAWA
装　丁　ムシカゴグラフィクス

ISBN978-4-04-631105-4　C8293　　N.D.C.913　220p　18cm

読者のみなさまからのお便りをお待ちしています。下のあて先まで送ってね。
いただいたお便りは、編集部から著者へおわたしいたします。
〒102-8177　東京都千代田区富士見 2-13-3　角川つばさ文庫編集部

「怪盗《かいとう》レッド」シリーズの 秋木《あき》《ぎ》真《しん》さん

黒 **あ、ありがとうございます！**

ア わ！　急《きゅう》に大《おお》きな声《こえ》出《だ》すからびっくりしたよ。

黒 す、すみません……魔女《まじょ》と言《い》われたのがうれしくて、つい……。

ア 魔女《まじょ》が好《す》きなんだね？

黒 はい。アスカさんもわたしをヘンな子《こ》だと思《おも》いますか？

ア へ？　ううん、ぜんぜん。だって、わたしも怪盗《かいとう》やってるぐらいだし。魔女《まじょ》と怪盗《かいとう》って、そんなにちがわないでしょ。

黒 ……だいぶちがうかと思《おも》いますが……。

ア あれ、そう？　ま、こまかいことは気《き》にしない気《き》にしない！　さて、こんな椎名《しいな》さんが初恋《はつこい》にがんばる『黒猫《くろねこ》さんとメガネくんの初恋同盟《はつこいどうめい》』、おうえんしちゃうね！

黒 少《すこ》し気《き》はずかしいですが、みなさん、よろしくお願《ねが》いいたします。（ぺこり）

文《ぶん》／秋木《あきぎ》真《しん》

注目《ちゅうもく》☆ 新《しん》シリーズ

「黒猫《くろねこ》さんとメガネくんの初恋同盟」

作／秋木《あきぎ》真《しん》　絵／モコ

角川つばさ文庫

角川つばさ文庫発刊のことば

角川グループでは『セーラー服と機関銃』（81）、『時をかける少女』（83・06）、『ぼくらの七日間戦争』（88）、『リング』（98）、『ブレイブ・ストーリー』（06）、『バッテリー』（07）、『DIVE!!』（08）など、角川文庫と映像とのメディアミックスによって、「読書の楽しみ」を提供してきました。

角川文庫創刊60周年を期に、十代の読書体験を調べてみたところ、角川グループの発行するさまざまなジャンルの文庫が、小・中学校でたくさん読まれていることを知りました。

そこで、文庫を読む前のさらに若いみなさんに、スポーツやマンガやゲームと同じように「本を読むこと」を体験してもらいたいと「角川つばさ文庫」をつくりました。

読書は自転車と同じように、最初は少しの練習が必要です。しかし、読んでいく楽しさを知れば、どんな遠くの世界にも自分の速度で出かけることができます。それは、想像力という「つばさ」を手に入れたことにほかなりません。

「角川つばさ文庫」では、読者のみなさんといっしょに成長していける、新しい物語、新しいノンフィクション、角川グループのベストセラー、ライトノベル、ファンタジー、クラシックスなど、はば広いジャンルの物語に出会える「場」を、みなさんとつくっていきたいと考えています。

読んだ人の数だけ生まれる豊かな物語の世界。そこで体験する喜びや悲しみ、くやしさや恐ろしさは、本の世界の出来事ではありますが、みなさんの心を確実にゆさぶり、やがて知となり実となる「種」を残してくれるでしょう。

かつての角川文庫の読者がそうであったように、「角川つばさ文庫」の読者のみなさんが、その「種」から「21世紀のエンタテインメント」をつくっていってくれたなら、こんなにうれしいことはありません。

物語の世界を自分の「つばさ」で自由自在に飛び、自分で未来をきりひらいていってください。

ひらけば、どこへでも。――角川つばさ文庫の願いです。

角川つばさ文庫編集部